Belle de Candeur

Zhulin yeshi
ou
Histoire non officielle de Zhulin

Roman érotique de la dynastie Ming
traduit du chinois par Christine Barbier-Kontler

Éditions
Philippe Picquier

株林野史

Titre original : *Zhulin yeshi*

Mas de Vert
13200 Arles

Conception graphique : Picquier & Protière

Illustration de couverture : © Université d'Indiana
Bloomington.
Droits réservés.

ISBN : 2-87730-187-7
ISSN : 1251-6007

VOCABULAIRE AMOUREUX DU *ZHULIN YESHI*

ABEILLE GALANTE, *lang feng : feng* désigne en fait toutes les mouches à dard (abeille, bourdon, guêpe, etc.). L'expression désigne un galant et un libertin qui, à l'instar de l'abeille, butine de fleur en fleur.

ABSORBER L'ESSENCE ET DIRIGER LE SOUFFLE, *xijing daoqi,* méthode sexuelle, voir Méthodes.

ACTIVER (s'), *nong,* signifie dans le contexte amoureux, prendre du plaisir, jouer, taquiner, etc.

AFFAIRE, *shi,* terme qui possède un champ sémantique très riche, désigne en particulier ici les affaires amoureuses ou les relations sexuelles. S'emploie dans les expressions *xi shi :* « affaire intime » *ou qing shi :* « affaire sentimentale ou passionnelle ».

AINE DE CANTON, *Guangdong pang,* olisbos.

ANNEAU POUR CADENASSER LE YANG, *suo yang,* instrument propre à renforcer le plaisir qui aide aussi à ne pas éjaculer trop tôt.

ART DE LA CHAMBRE A COUCHER, *fang zhi shu,* appellation générique désignant les techniques taoïstes relevant de l'hygiène et de la médecine sexuelle afin d'aider à une union heureuse et harmonieuse entre les partenaires.

CALEBASSE, *hulu,* emblème du monde clos et paradisiaque, la calebasse évoque le sexe de la femme.

CANARDS MANDARINS, *yuanyang,* expression stéréotypée qui signifie l'amour conjugal et la fidélité des époux ; les canards mandarins mâle *(yuan)* et femelle *(yang)* étant réputés inséparables.

CHAMBRE FLEURIE, *huafang,* désigne souvent le vagin.

CHAPEAU VERT (porter le), *lü mao,* lieu commun pour désigner un cocu.

CHEVAUCHER, *shang ma,* littéralement « monter à cheval », synonyme de *qi* et de *kua*. L'expression *ruma,* « pénétrer et chevaucher » évoque à la fois la pénétration, le début du coït et l'acte sexuel. La cessation de l'acte sexuel se disant parfois *xia ma* « descendre de cheval ».

CŒUR DE LA FLEUR, *huaxin,* expression générique pour désigner le vagin.

CRÊTE DE COQ, *jiguan,* désigne plus spécifiquement le clitoris.

DÉFLORER, *pogua,* littéralement « melon fendu », désigne par extension la jeune fille de seize ans, l'idéogramme *gua* étant composé de deux fois l'idéogramme « huit ».

DÉPLOYER LES ÉTENDARDS ET FRAPPER DU TAMBOUR, *kai ji gu,* expression empruntée au vocabulaire de la guerre, qui évoque l'imminence et les préparatifs du combat amoureux.

DÉROBER LE JADE ET VOLER LE PARFUM, *qieyu touxiang,* euphémisme pour signifier faire la conquête d'une femme.

DÉSIR, *yu,* souvent comparé à un feu, *yu huo,* « le feu du désir ».

EMETTRE SA SEMENCE, *xie,* éjaculer. Ne pas « émettre

sa semence » étant une des principales techniques sexuelles taoïstes visant à obtenir l'immortalité.

ENTRÉE DE LA DOUBLE MONTAGNE, *zhongshan kou,* image qui désigne le sexe de la femme.

EXCITATION PRINTANIÈRE ou pensée printanière, *chun xing* ou *chun xin,* le printemps est en, chinois, un euphémisme pour désigner à la fois le désir et l'amour.

FACE AU CIEL LE BÂTON D'OSMANTHE ODORANT, *chao tian yi guixiang.* Position au cours de laquelle le partenaire est en dessous et invite sa partenaire à « chevaucher » son bâton d'encens ou sa verge.

FAISAN ET PHÉNIX, *luanfeng,* expression parallèle de « canards mandarins » ; le faisan *(luan)* désignant l'homme et le phénix *(feng)* la femme.

FAISAN SE RENVERSE ET LE PHÉNIX TOMBE, *luan dian feng dao,* position au cours de laquelle l'homme (le faisan) est couché sur le dos tandis que la femme (le phénix) s'active au-dessus de lui.

FEU QUI PREND DE L'AUTRE CÔTÉ DE LA MONTAGNE, *geshan taohuo,* que l'on peut comprendre aussi « porter le feu de l'autre côté de la montagne ». L'expression signifie le coït anal et peut suggérer aussi la présence voisine d'un autre couple.

FLEUR FRAÎCHE, *xianghua,* désigne la fleur non éclose et par extension la virginité. Les jeunes filles de « bonnes familles » étant appelées *guinii* ou littéralement « filles de gynécée ».

FLEUR DES CHAMPS, *yehua,* désigne une maîtresse, l'épouse légitime étant la « fleur du jardin », *jiahua,* littéralement « de la maison ».

HUMER L'ARÔME SANS GOÛTER, *wenxiang bu daokou,* littéralement « sentir l'arôme sans mettre la bouche » désigne une technique amoureuse qui vise à exciter la femme sans la pénétrer.

LAMPE OU L'HUILE SE RENVERSE, *niuyou daoxiao zhu* ; *niuyou* est littéralement l'huile de graisse de bœuf utilisée comme combustible. L'expression désigne la position au cours de laquelle le partenaire se trouve sous la femme ; les sécrétions de celle-ci étant comparées à de l'huile qui arrose la lampe qui brûle à l'instar du membre viril en activité.

LANCE, *mao* ou lance d'or, *jinmao,* une des multiples appellations du sexe masculin.

LION QUI FAIT ROULER LA BALLE BRODÉE, *shizi gu xiuqiu,* technique amoureuse où les mouvements de l'amant sont comparés à ceux d'un lion, symbole de puissance jouant avec une balle brodée, symbole de l'univers ou de la terre.

LOTUS D'OR, *jinlian,* petits pieds bandés, principal attrait sexuel des femmes chinoises aux époques dynastiques. Sur l'origine de l'expression, voir note 14, chapitre premier.

MÉDECINES PRINTANIÈRES, *chunyao,* substances propres à éveiller le désir ou à prolonger l'acte amoureux ou aphrodisiaques. Voir pilule.

MEMBRE VIRIL, *yangwu,* aussi appelé *yujing,* membre (ou poignée) de jade.

MÉTHODE DE LA FILLE DE CANDEUR POUR RECUEILLIR LES FRUITS DE LA BATAILLE, *Sunü caizhan zhi fa*, parfois abrégée en *caizhan zhi shu* « Méthode (ou Art) pour recueillir les fruits de la bataille (amoureuse) ».

Méthode employée par notre héroïne, qui lui permet de toujours rajeunir et même de devenir immortelle. Elle « absorbe le yang (les forces viriles) et complète le yin (les forces féminines) » *xiyang fuyin* ou bien « Prends l'essence yang pour aider le souffle *yin quyangqing zhuyinqi* ou bien encore « emprunte au yang pour compléter (ou aider) le yin », *jieyang fuyin.*

L'immortel qui l'a initiée à cet art pratiquait, lui, la méthode qui consiste à « cueillir le yin pour compléter le yang » *caiyang fuyin.* Quant à Wuchen, le dernier époux humain de notre héroïne, il pratique une méthode qui consiste à «raffiner son essence vitale » *xiu lei.*

Toutes ces méthodes comme elle qui consiste à « absorber l'essence et diriger le souffle » *xijing daoqi* sont apparentées aux techniques taoïstes de longue vie.

METTRE CERISE EN BOUCHE, *kouchi yingtao,* l'expression signifie dans le texte que c'est la partenaire féminine qui est seule à s'activer, la cerise évoquant à la fois sa bouche et son sexe.

NUAGES ET PLUIE, *feng yu,* expression consacrée pour désigner les rapports amoureux. Sur l'origine de l'expression, voir note 10, chapitre premier.

PÊCHE, *tao,* symbole taoïste de la longue vie, elle qualifie la couleur des joues d'une femme et par extension une jeune fille.

PILULE, *wan,* de différents types dans le roman :

1. « à évaser *(kaipin)* ou à resserrer *(jinpin)* la vallée ou le vagin.

2. « pour agrandir le yang et faire durer longtemps la bataille » *changzhan yangwan.*

3. dite « des trois yang » *Sanyangwan* 2. et 3. étant des aphrodisiaques.

POIGNÉE DU CHASSE-MOUCHES, *chenbing,* désigne le membre viril. Le chasse-mouches à l'origine objet de purification rituelle destiné à chasser la poussière *(chen)* du monde était devenu un objet d'utilisation courante.

PORTE DU YIN, ou porte féminine, *yinhu,* désigne couramment le vagin et plus spécifiquement son entrée.

POUSSE DE BAMBOU DE JADE, *yuxun,* voir « Membre viril ».

PRINTEMPS, *chun,* voir « Excitation printanière ».

RELATIONS AMOUREUSES, *jiaoqiang, jiaoqie* ou *jiaotong,* expressions qui ont un sens différent dans d'autres contextes. Les relations illégitimes et coupables étant désignées par *jiaogou,* s'accoupler ou copuler, et aussi par *gouda,* terme plus vulgaire qui implique tout le processus amoureux de la séduction à l'acte.

SÉCRÉTIONS INTIMES, *yinshui,* littéralement « eaux de luxure », on rencontre également l'expression *yinjing* « liqueur de luxure ». L'abondance de celles-ci étant à la mesure à la fois du désir et du plaisir de la femme.

TORRENT ENCAISSÉ ENTRE LES DEUX CIMES, *shuang feng xi,* image qui évoque le sexe de la femme.

TÊTE DE TORTUE, *guitou,* désigne le gland du pénis.

UNIS COMME GLU ET LAQUE, *ru jiao si qi,* image empruntée aux techniques traditionnelles de l'art du laque, désignant un amour intense et indestructible.

VA-ET-VIENT ou « aller et venir », *chou song,* littéralement « retirer et envoyer ».

VAGUES D'AUTOMNE, *qiupo,* œillade ou clin d'œil.

VALLÉE, *pin,* désigne le vagin, synonyme parfois de « chambre fleurie » et de « porte du yin ».

VENT ET LUNE, *fengyue,* expression qui désigne d'une

manière générale l'amour, avec une forte connotation de galanterie.

VENT ET EAUX COURANTES, *fengliu,* évoque la galanterie dans son sens le plus large. Voir note 4, chapitre premier.

YIN ET YANG, forces ou puissances cosmiques à la fois opposées et complémentaires qui rythment l'univers et qui désignent dans le contexte amoureux les organes sexuels : masculins – *yang* et féminins – *yin*.

Dans l'état actuel des connaissances, il est difficile de donner avec précision la date de composition du *Zhulin yeshi*, en l'absence de toute édition originale connue. Vers 1933, le célèbre bibliophile Sun Kaidi en faisait, faute de mieux, un roman des Qing (1644-1911), ce dont il est permis de douter : la qualité du texte – n'en déplaise à Sun qui en jugeait le style grossier et ordurier – laisserait penser à une composition plus ancienne, soit de la fin de la dynastie des Ming (première moitié du XVIIe siècle) : la grande époque du roman érotique en Chine. Quoi qu'il en soit, la secrète popularité de ce texte ne s'est, semble-t-il, jamais démentie, comme en témoignent les nombreuses listes de proscription de « livres obscènes », où il figure toujours en bonne place, et les diverses éditions secondaires qui sont parvenues jusqu'à nous – la présente traduction est établie à partir de deux éditions de la fin du XIXe siècle, l'une lithographique, l'autre imprimée au moyen de caractères mobiles. Malheureusement, aucune préface ne subsiste – si tant ait qu'il en ait jamais existé – ce qui nous laisse dans l'ignorance de ses origines et de son auteur.

L'expression *yeshi,* littéralement « histoire sauvage » ou « officieuse », est l'un des nombreux

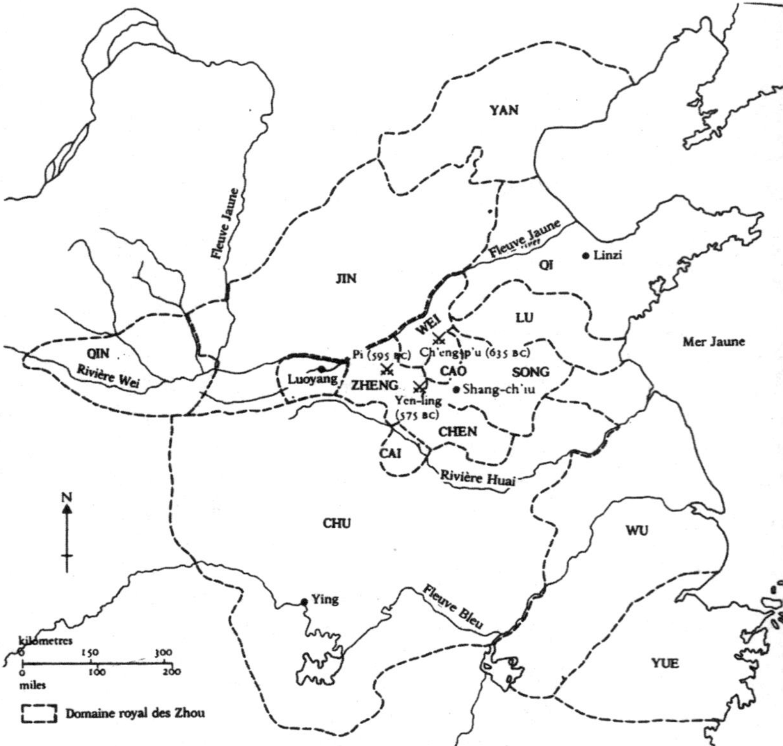

La Chine à l'époque des Printemps et des Automnes
(722-481 avant notre ère)

synonymes du roman dans la Chine prémoderne. Elle fait plaisamment allusion aux histoires officielles, aux textes canonisés, auxquels les romanciers ont toujours prétendu apporter, non sans malice, leur « complément ». L'expression figure souvent dans les titres des romans érotiques, et notamment dans les cas où, comme ici, l'histoire fournit le matériau de base d'une intrigue sur laquelle l'auteur prétend traditionnellement être mieux renseigné que les vénérables compilateurs de l'Antiquité. C'est ainsi que les romans érotiques sont souvent qualifiés de « chroniques indiscrètes » (*naishi*, littéralement « histoires externes ») ou « anecdotiques » (*yishi* « histoires écrites par divertissement »), prenant dans tous les cas leurs aises avec les textes unanimement vénérés – double crime aux yeux des censeurs : le « révisionnisme » irrévérencieux s'ajoutant à l'immoralité du propos libertin.

Les événements narrés dans le présent roman ont pour cadre la période historique dite des Printemps et des Automnes (*Chunqiu*, 722-481 avant notre ère), laquelle tire son nom des *Annales du royaume de Lu* (Shandong). La chronique adjointe à titre de commentaire à ces *Annales du royaume de Lu*, les *Traditions de Zuo (Zuozhuan)*, recueillies aux VIe-VIIe siècles avant notre ère nous renseigne sur cette époque et constitue la principale source historique du roman.

Les rois Zhou qui avaient supplanté la royauté archaïque des Shang au XIIe siècle avant notre ère virent leur pouvoir s'effriter au cours des siècles, au profit des seigneurs féodaux, de plus en plus indépendants. Plus précisément, nous nous trouvons vers le début du VIIe siècle, au moment où une opposition se dessine entre les principautés du centre (Zheng, Chen, etc.) et les grands royaumes en voie de formation, comme le Jin dans la vallée de la Fen, à l'est du fleuve Jaune, au Shanxi, Qi dans le nord-est du Shandong, Chu dans la région du cours moyen du Changjiang et les vallées du Hubei. Ces derniers devaient rapidement imposer leur loi aux petites principautés et les conquérir peu à peu avant de s'affronter au cours de l'époque dite des « Royaumes combattants » *(Zhanguo,* 403-221 avant notre ère), qui s'achèvera par l'unification de l'empire chinois sous la férule du Premier Auguste Empereur de Qin (Qin Shihuangdi).

Quelques mots sur les différentes techniques sexuelles mises en pratique par les acteurs du roman : comme les techniques d'extase, la gymnastique respiratoire ou les régimes alimentaires s'inscrivent dans le cadre plus large des principes définis par le taoïsme religieux visant à « nourrir le principe vital » et à acquérir la longue vie ou l'immortalité. Ils se fondent sur les idées développées par les adeptes de ce courant philosophico-religieux, en particulier sur la complémentarité et l'interprétation des puissances emblématiques, le yin et le yang [voir à ce sujet l'étude de H. Maspéro : « Les procédés de "nourrir le principe vital" », *Journal asiatique,* vol. CCXXIX, 2 et 3 (1937), repris dans *Le Taoïsme et les religions chinoises,* Gallimard, 1971, p. 481-589 ; voir aussi les études de K. Schipper, *Le Corps taoïste* et son article « Science, magie et mystique du corps », dans *Jeux des nuages et de la pluie,* Bibliothèque des Arts, 1978, p. 11-42.

La bibliographie en langues occidentales relative à la sexualité dans la Chine traditionnelle est assez abondante. Citons, entre autres : *La Vie sexuelle dans la Chine ancienne,* par R. van Gulik, coll. Tel, Gallimard, 1971 : de par la qualité de la réflexion, il reste l'ouvrage de référence par excellence, même s'il est entaché parfois de sérieuses erreurs. *Su Nu King, la sexualité taoïste de la Chine ancienne,* trad. par Leung Kwok Po, Seghers, 1978. Et, bien sûr, le classique du roman érotique : *Jin Ping Mei, Fleur en Fiole d'Or,* trad. par André Lévy, La Pléiade, Gallimard, 1985.

Le but de la sexualité est donc d'acquérir une énergie puisée chez le partenaire, lequel devait, de préférence, ignorer le procédé. Si ces pratiques sont surtout connues du côté masculin – faire « rebrousser chemin à la semence » par exemple –, elles sont aussi exploitées du côté féminin. L'auteur en témoigne dans ses descriptions des joutes amoureuses de l'héroïne Belle de Candeur. Pratiquant la « méthode de la Fille de Candeur pour recueillir les fruits de la bataille » (*Sunü caizhan zhi fa*), Belle de Candeur deviendra immortelle à son tour en épuisant ses partenaires. Notons cependant que si l'auteur se fonde sur les vieux enseignements taoïstes en matière de sexe, ils ne lui servent bien souvent que de prétextes pour décrire les rapports fréquents et prolongés de ses héros avec des partenaires multiples et toujours renouvelés.

Poème à chanter sur l'air de *Xijiang yue*

Est-il toujours trop bref le printemps de l'existence !
Mais n'est-ce pas pitoyable que de se donner toute licence,
De se livrer à la débauche avec unique crainte de la voir cesser !
Dans les royaumes alors, vaste et profond était l'océan de la concupiscence.
De la belle enjôleuse de la maison Zheng, tous ont parlé,
Et qu'elle fut aussi dame Xia de Chen, ils l'ont relaté.
Trois fois prit mari et à un fils donna naissance,
Et jusqu'à mi-vieillesse, la soif du plaisir jamais ne devait étancher.

CHAPITRE PREMIER

L'immortel livre dans un rêve les enseignements de son art[1]
Chen et Zheng à sceller alliance par un mariage se préparent

A l'époque des Printemps et des Automnes, les royaumes désunis se disputaient le pouvoir. « S'en remettre au puissant et honnir le faible », telle était la conduite des petites principautés qui accordaient leur confiance aux grands royaumes. Est-il besoin d'en dire plus ? Partout alors périclitait le bon gouvernement tandis que toujours plus florissait la luxure.

Le duc Mu régnait sur la principauté de Zheng[2].

1. *En rêve,* littéralement « rêver de Nanke », expression tirée du titre d'une célèbre nouvelle de la dynastie des Tang, *Nanke yimeng,* « Songe du gouverneur de la branche du Sud » qui désigne à la fois un simple songe montrant la vanité des phénomènes de l'existence et un rêve dont le dormeur garde le souvenir comme c'est le cas ici.

2. Le duc Mu, aussi appelé Lan « Orchidée », né en 648 avant notre ère régna entre 627 et 605. On trouvera le récit des circonstances de sa naissance dans *Tchouén Ts'iou et Tso Tchouan,* traduits par S. Couvreur, Ho-kien-fu, 1916, Paris, 1951, 3 vol., en abrégé dorénavant TT, 1, p. 578-579.

A cette époque, Zheng n'était déjà plus une puissance importante sur la scène politique mais un jouet et souvent aussi une pomme de discorde entre les trois grands royaumes d'alors, Jin, Qi et Chu.

Son épouse née Zhang avait donné naissance à une enfant que l'on appela Su E ou Belle de Candeur[3]. Dans l'affection sans partage des siens, celle-ci atteignit l'âge de quinze ans. D'une beauté fascinante, elle incarnait l'esprit « du vent et des eaux courantes »[4]. Des sourcils minces et arqués comme l'antenne du papillon encadraient ses yeux de phénix. Et dans un visage à l'ovale parfait, ses joues avaient la couleur de la pêche. Des beautés Liji et Xiwei, elle avait l'apparence et des darnes Daji et Xiaji, la séduction ensorcelante[5]. Son ossature de

---

3. Su E ou Belle de Candeur a dû naître vraisemblablement aux alentours de 625 avant notre ère. Son nom s'inspire de celui de Sunü, la « Fille de Candeur », « une des gardiennes des arcanes du sexe » selon R. van Gulik qui lui consacre de nombreuses pages dans sa superbe étude, *La Vie sexuelle dans la Chine ancienne* (trad. française, Gallimard, 1971), en abrégé dorénavant *Vie sexuelle*, p. 205 sq.

4. *Esprit du vent et des eaux courantes (fengliu).* Terme à proprement parler intraduisible, *fengliu* impliquait à l'époque ancienne une disposition à l'évasion spirituelle et une aspiration vers une pureté intellectuelle. « L'esprit *fengliu* » se rencontrait alors chez les hommes de haute culture, s'accompagnait souvent d'un goût précieux pour l'élégance et d'un affranchissement des conventions mondaines. Plus tard, et dans le roman en particulier, il devait désigner des individus adonnés aux intrigues galantes, au libertinage, voire même à la débauche, tout en conservant, comme les harmoniques d'une même note, l'esprit de spontanéité totale ou de romantisme mystique qu'il représentait dans la tradition taoïste.

5. Il est souvent fait référence aux beautés fameuses de l'Antiquité pour décrire une aimable personne, ce qui est significatif à la fois du goût des Chinois pour le passé et leur respect des modèles classiques. Daji était la concubine favorite de Shu Xin, le dernier souverain des Shang qui se livra pour elle aux pires débauches ; elle devait périr en 1121 avant notre ère sous les coups du roi Wu, fondateur de la nouvelle dynastie des Zhou. Liji et Xiwei vécurent toutes deux à l'époque des Printemps et des Automnes et connurent un destin mouvementé ;

jade et sa chair diaphane comme la glace ne semblaient-elles pas « disperser les nuages et soulever la neige », tandis que son visage de fleur et son maintien de lune allaient « renverser royaumes et cités »[6], Plus légers que l'aronde en vol, ses pas de lotus paraissaient danser. C'était la demeure d'une immortelle que la chambre aux orchidées où elle se tenait.

En secret elle espérait la venue d'un jeune homme avec lequel elle s'unirait comme le font les « canards mandarins » et regrettait de ne voir celui qui, dans la fleur de son âge, se lierait à elle tel « le faisan au phénix ». Mais elle n'était pas encore mariée, aussi gardait-elle la chambre parfumée[7].

Deux caméristes la servaient, Hehua, Fleur de Lotus et Juying, Fleur de Chrysanthème. Nous étions alors au cœur du cinquième mois de l'année, et le temps était fort chaud. Belle de Candeur demanda à

Xiwei, enlevée en 677 avant notre ère par le roi de Chu refusa de lui adresser la parole jusqu'à la naissance de leurs deux fils. Quant à Xiaji ou dame Xia, il ne s'agit ni plus ni moins que de l'héroïne même du roman !

6. *Renverser royaumes et cités, qingcheng qingguo*. Cette expression très courante pour désigner les favorites ou les beautés scandaleuses qui ruinèrent leur maison ou leur Etat, trouve son origine dans le *Hanshu*, biographie de la parenté féminine ; elle qualifiait l'attitude de dame Li, favorite de l'empereur Wudi des Han (140-87 avant notre ère) qui « d'un regard renversait tous les hommes dans la cité et d'un autre, tous les hommes dans le royaume ».

7. Chambre parfumée, *xianggui*, désigne les appartements des femmes, où les fillettes sont confinées dès l'âge de dix ans ; elles y apprennent entre autres, la couture et la broderie, activités féminines par excellence, ce qui explique l'autre appellation du gynécée « la chambre aux broderies », *xiufang*.

Il est à noter que par extension, « garder la chambre parfumée » signifie « garder sa vertu ».

Fleur de Lotus de disposer lit de fraîcheur et oreiller de jade, puis de la servir jusqu'au soir. Elle défit sa chemise parfumée, dénoua la ceinture de sa jupe de gaze. Et après avoir intimé l'ordre à Fleur de Chrysanthème de fermer la porte de sa chambre, s'étendit, entièrement nue, sur le lit. Elle pria Fleur de Lotus d'agiter pour elle l'éventail et ressentit bientôt un plaisir extrême. Son visage prit soudain une expression à nulle autre pareille. Elle reposait sur l'oreiller solitaire, le cœur étreint d'une lancinante et étrange tristesse et en proie aux pensées les plus inconsidérées. Comme elle fermait les yeux, tout s'estompa soudain et elle s'endormit.

Elle vit soudain en rêve un jardin où mille efflorescences rivalisaient de fragrance. Elle avançait, jouissant de la verdure des saules et de l'incarnat des fleurs de pêchers, et n'entendait, le long des allées, que le pépiement des oiseaux. Ses pas la conduisirent sous un bosquet de pins où se trouvait un pavillon. Elle y pénétra. A l'intérieur étaient disposés un lit de bambou, deux repose-tête de pierre, et aussi deux tables et quatre sièges de pierre. Le pavillon évoquait irrésistiblement la résidence d'un immortel. En son centre était suspendu un rouleau calligraphié à l'antique. A le voir de loin, on eût dit les arabesques d'un dragon et les volutes d'un serpent [8]. Belle de Candeur s'approcha et lut à haute voix le poème qui y était inscrit :

---

8. *Arabesques d'un dragon et volutes d'un serpent* littéralement « traces laissées par les dragons et les serpents volant et dansant », est une expression qui désigne l'écriture cursive ou « écriture d'herbe » (*caoshu*), l'un des styles les plus libres de la calligraphie chinoise antique.

Au soleil couchant les verdures en tous lieux caressent
Les berges sableuses qui trop de fois disparaissent.
Ne dites pas que l'oiseau de printemps n'a pas de sentiment !
Devant les fleurs à seulement vouloir recouvrer son visage d'antan.

Sa lecture terminée, Belle de Candeur s'apprêtait à quitter le pavillon quand, soudain, se dressa devant elle un homme de grande taille, en habit de plumes, qui tenait à la main un éventail composé de longues pennes d'oie. Il pénétra dans le pavillon – sa démarche aérienne lui donnait l'apparence d'un immortel[9] – s'inclina très profondément devant elle et dit :

— Je vous attendais depuis si longtemps !

Belle de Candeur se borna à lui rendre son salut. Il poursuivit alors :

— C'est en fidèle admirateur de votre beauté que j'ai tenu à venir ici vous rencontrer et j'espère que vous n'y verrez pas de difficulté.

Belle de Candeur sourit et ne répondit pas. L'homme entoura ses épaules parfumées ; il lui donna un baiser sur la bouche. Puis il fit glisser sa chemise, défit son pantalon de soie et la porta dans ses bras sur le lit. Il enleva à son tour ses vêtements et l'attira à lui. Belle de Candeur ne s'appartint plus.

---

9. *Immortel,* littéralement « homme-montagne », *xian* désigne plus spécifiquement les immortels taoïstes. La brève description que l'auteur nous en donne ici correspond aux croyances anciennes qui faisaient des immortels des êtres « essentiellement volages » au corps couvert de plumes ou portant des habits de plumes. Voir à ce sujet l'introduction de M. Kaltenmark à sa traduction des *Biographies légendaires des immortels taoïstes de l'Antiquité,* Pékin, 1953, introduction.

Etait-elle encore rétive ou déjà consentante ? Son cœur s'agitait pareil au singe qui saute de branche en branche, et ses pensées filaient comme un cheval au galop. Et le désir, ce désir dont on dit qu'il « agite les nuages et souhaite la pluie », monta en elle [10]. Le santal de ses lèvres embrassait les joues parfumées de l'immortel ; ainsi Wei Sheng atteignant le pont aux Indigotiers [11]. Sa taille mince et souple comme le saule balançait « le cœur de sa fleur » comme le Bouvier à la rencontre de la Tisserande [12] ; si acérée était la pousse de bambou de jade qu'elle dut plus légèrement encore embrasser la taille de Ruanlang [13] ; petits, si petits, ses « lotus

---

10. *Nuages et pluie,* cette expression maintenant célèbre est un cliché extrêmement courant pour désigner les rapports sexuels. Sur l'origine de l'expression et en particulier sur la *Composition de Gaotang (Gaotangfu),* poème en prose attribué à Song Yu (IIIe siècle de notre ère) où la métaphore apparaît pour la première fois, on se reportera utilement à A. Levy, *Fleur en Fiole d'Or (Jin Ping Mei),* Bibl. de la Pléiade, 1985, vol. 1, p. 1078, note 4.

11. Pont aux Indigotiers, Lanqiao, allusion à une nouvelle mettant en scène un jeune amoureux Wei Sheng qui préféra se laisser noyer par les eaux montantes au pont aux Indigotiers plutôt que de manquer la jeune personne qui lui avait donné rendez-vous. Lanqiao représente aussi dans l'imaginaire taoïste l'endroit rêvé pour rencontrer des immortels.

12. *Le Bouvier et la Tisserande,* allusion à l'histoire la plus célèbre de la mythologie chinoise, qui illustre le thème de la séparation et des retrouvailles, une fois l'an, de deux époux, la Tisserande Zhinü, fille du ciel et le Bouvier, Niulang, humble mortel.

13. Ruanlang ou Ruan Xian, ce personnage du IIIe siècle de notre ère appartenait à la petite coterie dite « des sept sages de la forêt de bambou » (Zhulin qixian) qui rassemblait des célèbres poètes taoïstes épris de vin, de nature et de liberté.

d'or »[14] haut placés sur les épaules de Song Yu[15]. Le plaisir l'envahit. Ah ! jouissance sans doute n'es-tu rien d'autre que la pluie qui inonde la terre assoiffée ou bien plus simplement au bonheur du poisson dans l'eau peut-on te comparer ?

Or, Belle de Candeur était vierge, et au moment de la défloration, elle ne manqua pas de ressentir une douleur passablement désagréable. Quand il la vit ainsi, l'immortel sortit de son sac des pilules médicinales de couleur rouge lui demandant d'en avaler une. Belle de Candeur s'exécuta, et toute souffrance disparut de son être intime qui redevint aussi lisse et aussi poli qu'auparavant. Elle demanda alors le nom de cette médication :

— C'est, lui répondit-il, « la pilule à évaser la vallée ». Je vais te donner également une « pilule à resserrer la vallée » ; tu en avaleras plusieurs, et la porte de ta vallée va se rétrécir et restera à jamais pareille à celle d'une jeune fille, et ce même, après avoir donné naissance à un enfant. Belle de Candeur prit ces pilules et sa vallée redevint comme avant[16].

---

14. *Lotus d'or,* l'expression a servi depuis l'Antiquité à désigner les pieds bandés des Chinoises. Il semble difficile de préciser l'origine de cette coutume, une des plus vieilles traditions chinoises. Sur cette pratique et le symbolisme sexuel qui lui est attaché, voir R. van Gulik *Vie sexuelle,* p. 274 sq. et le chapitre intitulé « Le fétichisme du pied », *Jeux des nuages et de la pluie,* l'art d'aimer en Chine, Office du Livre, 1969, p. 193-201.

15. Song Yu, célèbre poète du IIIe siècle de notre ère, parangon de la beauté masculine et auteur de la célèbre composition de Gaotang. Voir note 10.

16. *Pilules à évaser et à resserrer la vallée.* Le symbolisme sexuel de la vallée *(pin)* est évident ; il trouve, à notre avis, son origine dans l'expression « vallée sombre ou obscure » *(xuan pin)* employée par Laozi dans le *Daodejing,* chap. VI, pour dési-

Alors, à nouveau, l'immortel lui écarta les jambes et la pénétra ; le va-et-vient endolorit bientôt de bonheur le corps de Belle de Candeur. « La fleur de son cœur » s'entrouvrit et elle ressentit cet ineffable goût du plaisir ! Et, à l'instar « des nuages qui se dispersent et de la pluie qui cesse », les deux amants s'allongèrent tête contre tête sur l'oreiller. Belle de Candeur songeait encore à cette merveilleuse affaire quand elle se dit soudain qu'elle ne connaissait pas même le nom de l'immortel ; aussi l'interrogea-t-elle dans l'espoir de le rencontrer à nouveau un jour prochain.

— Mon nom personnel est Hua, Fleur, et mon prénom Yue, Lune, répondit-il. J'ai cultivé la discipline dans les monts Zhongnan pendant mille cinq cents ans. Devenu immortel, j'ai pris le nom de Puhua zhenren, « l'Homme parfait des transformations universelles ». Vois-tu, lorsque mon désir vient à s'éveiller, je n'émets jamais de semence. Je possède aussi l'art d'absorber l'essence vitale de ma partenaire en dirigeant mon souffle. Et quand j'ai des relations amoureuses, eh bien, j'en épuise tous les plaisirs. Je complète mes forces viriles grâce aux fluides féminins et bannissant la vieillesse, je retrouve toujours la jeunesse. C'est ce que l'on

---

gner la matrice universelle et la fécondité mystérieuse de l'absolu ou du *dao*.

Il est question de pilules pour évaser ou resserrer la vallée dans les manuels de sexe, en particulier dans les *Notes de la chambre à coucher*, dont van Gulik nous livre de larges extraits dans *Vie sexuelle*, p. 199-200.

Remarquons que le vagin resserré à l'extrême de Belle de Candeur grâce à l'absorption de ce type de médication sera une des principales sources à la fois de fantasme et de jouissance pour ses différents partenaires.

appelle la « méthode de la fille de Candeur pour recueillir les fruits de la bataille » et je m'en vais, précieuse beauté, te l'enseigner sur l'heure.

— Apprenez-moi vite votre art ! lui souffla-t-elle.

Et l'immortel devait alors lui transmettre tous ses enseignements sans en omettre aucun. Comme ils parlaient encore, elle vit soudain ses servantes entrer dans le pavillon, des lanternes à la main :

— Princesse ! votre mère vous attend ! Et vous êtes encore là !

A s'entendre appeler ainsi, Belle de Candeur fut si surprise que son corps se couvrit de sueurs froides ; et c'est ruisselante qu'elle se réveilla. Elle jeta un coup d'œil alentour et vit ses deux servantes paisiblement endormies. Au pavillon Qiao résonna le tambour de la quatrième veille [17]. « Comme tout ceci est étrange ! » pensait Belle de Candeur. Ses rêves passés jamais n'avaient eu la clarté de celui-ci. Elle tâta alors l'intérieur de sa vallée qui était encore humide de son aventure nocturne. Elle se remémorait aussi parfaitement les enseignements de l'immortel. « Singulière affaire, assurément », se disait-elle. Elle en fut si bouleversée qu'elle ne devait même pas s'apercevoir que le coq avait déjà annoncé l'aube et que l'Orient peu à peu s'éclairait. Elle jeta un vêtement sur ses épaules, fit sa toilette ; mais nous la laisserons là pour l'instant.

17. Traditionnellement, les nuits étaient divisées en cinq veilles ou vigiles *(jing)* de deux heures chacune ponctuées par le roulement du tambour. La première commençant à 19 heures, il est donc 3 heures du matin.

Dans la principauté voisine de Chen, il y avait un dignitaire nommé Xia Yushu dont le père avait été un des fils du duc Ding [18]. Il avait alors vingt ans et n'avait pas encore pris femme. C'était au moment où régnait à Chen le duc Ling Pingguo et où les principautés de Chen et de Zheng entretenaient de bonnes relations. Sur l'ordre du duc Ling, deux dignitaires Xie Ye et Kong Ning furent envoyés à Zheng pour resserrer les liens d'amitié qui unissaient les deux principautés [19]. Or, depuis longtemps déjà, Xia Yushu savait que Belle de Candeur, la fille du duc Mu, avait atteint l'âge de « porter l'épingle » [20] et il se proposait de l'épouser. Il s'était confié à Kong Ning qui avait accepté de présenter sa demande au duc Mu. Arrivé à Zheng, Kong Ning participa aux cérémonies officielles que lui imposait sa mission. Le duc Mu donna ensuite l'ordre de le faire raccompagner dans la résidence des hôtes

---

18. Xia Yushu n'est pas mentionné dans les annales historiques, sans doute du fait de son moindre grade. On sait simplement qu'il possédait un petit fief du nom de Zhulin – qui donne son titre au roman – que son père Shaoxi avait reçu en récompense des services qu'il avait rendu au prince de Chen en tant que ministre de la Guerre. Le texte précise également que Xia Yushu choisit Xia pour nom de famille *(xing)* car le nom ou plus exactement le prénom personnel public de son père (*zi*) était Zixia et qu'il était aussi appelé *(ming)* Shaoxishi.

19. La principauté de Chen était située au sud-est de Zheng. Le duc Ling y régna de 613 à 598 avant notre ère. Il sera amplement fait allusion aux différents événements de son existence tout au long du roman. Ses deux dignitaires Kong Ning et Xie Ye seront mis en scène au cours des chapitres suivants.

20. *Age de porter l'épingle, jiji,* devenir nubile ; âge marqué par une cérémonie domestique qui consistait à donner une épingle de tête à la jeune fille pour qu'elle puisse relever ses cheveux en chignon.

pour qu'il puisse s'y reposer. Le lendemain, Kong Ning devait retourner voir le duc pour lui faire part des intentions de Xia Yushu, et le duc lui parla en ces termes :

— Cette affaire me paraît excellente. Mais ma fille est encore bien jeune et je ne sais pas si elle sera capable de « tenir le balai et la pelle à poussière »[21] dans la maison du dignitaire Xia.

— Majesté, cette affaire ne requiert que votre gracieux consentement, dit Kong Ning, si elle n'était convenable, comment aurais-je pu avoir l'audace de venir vous la présenter ?

— Bien, mais je dois en débattre encore, poursuivit le duc, regagnez votre résidence et permettez-moi de vous donner demain une réponse définitive.

Kong Ning prit congé. Le duc se rendit dans ses appartements privés pour s'entretenir de ce mariage avec son épouse.

— Belle de Candeur est en âge de « porter l'épingle », répondit celle-ci, le dignitaire Xia est d'ascendance royale. Cette alliance me semble des meilleures. Je me propose d'aller voir votre fille pour sonder son cœur.

Déplaçant alors ses « pas de lotus », elle se dirigea vers la chambre où se trouvait Belle de Candeur qui, pour l'heure, brodait des petites chaussures ; voyant sa mère arriver, elle se leva en grande hâte et se tint debout à ses côtés. Dame Zhang s'assit et dit à son enfant :

— Les dignitaires Xie Ye et Kong Ning de la principauté de Chen sont actuellement dans notre

---

21. *Tenir le balai et la pelle à poussière, jizhou,* soit être une parfaite maîtresse de maison.

royaume pour y sceller alliance. Kong Ning nous a fait part du désir d'un haut dignitaire de Chen, un dénommé Xia Yushu, de te prendre pour épouse. Agé de vingt ans, il n'est pas encore marié. Consentirais-tu à cette union ?

Belle de Candeur baissa la tête et ne répondit pas sur l'instant. Un long moment plus tard elle murmura :

— Qu'il en soit fait selon la volonté de mes parents. Affectant la confusion la plus grande, elle cacha son visage dans la manche de son habit. Dame Zhang demeura assise un instant avant de quitter la chambre aux broderies pour se rendre dans la grande salle du palais où elle vit son époux.

— Votre enfant, dit-elle, ne me paraît pas consentir à quitter ses parents si prochainement. Ne vaudrait-il pas mieux dire à Kong Ning qu'elle est trop jeune encore et que si nous donnons notre consentement, il serait préférable que le dignitaire Xia ne vienne la chercher que dans deux ans.

— Vous parlez avec raison, madame mon épouse, répondit le duc qui sortit et demanda à quelqu'un de prier Kong Ning de venir le rejoindre. Ce dernier arriva sur-le-champ.

Et si vous ne savez pas encore ce que le duc va dire, eh bien, il vous faut prêter l'oreille aux explications du chapitre qui vient.

CHAPITRE DEUXIÈME

A constamment violer la moralité Zi Man perd la vie
Et à susciter avidement l'amour de sa femme Yushu périt.

Lorsque le duc Mu vit Kong Ning arriver, il descendit précipitamment de son trône pour l'accueillir dans la salle principale du palais. Kong Ning s'avança promptement et s'inclina en un profond salut. Puis, chacun à son tour, hôte et invité prirent leur place. Le duc Mu s'adressa à Kong Ning en ces termes :

— Nous acceptons, mon épouse et moi-même, de donner Belle de Candeur en mariage à Xia Yushu. Mais notre enfant est encore bien jeune ; vous serait-il possible de demander au dignitaire Xia d'attendre deux ou trois printemps avant de la venir chercher ?

— Je ne vois aucun obstacle à cela, répondit Kong Ning.

Et ils échangèrent encore quelques paroles avant que Kong Ning ne prenne congé du duc. Le lendemain, après avoir salué le duc et ses ministres, les ambassadeurs se mirent en route pour Chen qu'ils atteignirent en quelques jours seulement. Ils devaient rendre compte de leur mission au duc Ling et regagner leur résidence privée. Dès qu'il sut qu'ils étaient de retour, Xia Yushu se rendit chez Kong Ning. Ils parlèrent d'abord de choses et d'autres avant d'aborder la question du mariage.

— Cher frère aîné, dit Kong Ning, vous pouvez vous féliciter et me féliciter aussi d'ailleurs d'avoir réglé votre affaire si promptement. Ah ! comment pourrez-vous jamais me remercier !

— Et, comment donc ? parlez vite !

— Quand je me suis la première fois entretenu avec le duc Mu de ce mariage, il devait le trouver excellent. Mais il lui fallait en référer à son épouse et il me promit une réponse définitive pour le lendemain. Le lendemain en effet il me disait que s'il était d'accord, son enfant était encore bien jeune et qu'il jugeait préférable d'attendre deux ans avant de vous la donner pour femme.

Yushu eut le cœur empli de joie à l'idée que sa demande avait été agréée, il interrogea Kong Ning derechef :

— Et que lui avez-vous répondu ?

— Eh bien, sûr de vos sentiments, j'ai dit qu'à retarder l'affaire de quelques printemps, vous ne verriez aucun inconvénient.

— Quel âge a la princesse ?

— Elle a quinze ans, répondit Kong Ning, et j'ai constamment entendu dire par les gens de sa maison que son charme et sa beauté étaient incomparables et qu'elle avait une apparence propre « à renverser royaumes et cités »[1]. Nul doute que vous ne soyez au comble du bonheur !

Les deux hommes devisèrent ainsi encore un

1. Voir note 6, chapitre premier.

moment, puis Yushu prit congé. De retour chez lui, il envoya dix rouleaux de brocart et une paire de jades blancs à Zheng comme gage de confiance dans le bon déroulement de leur engagement prochain. Il signifia également au duc Mu d'infinis remerciements qu'il n'est sans doute pas besoin de rapporter pour l'instant.

Revenons à Belle de Candeur. Ses relations amoureuses avec l'immortel l'avaient encore embellie. Le jour où ses parents l'entretinrent de son mariage prochain, elle ne put cacher sa joie. Mais quand ensuite ils lui apprirent qu'il lui faudrait attendre quelques années encore avant que cet époux ne vienne la chercher, elle fut passablement désappointée.

Un jour qu'elle se reposait à la fraîcheur d'un bosquet de bambous, situé en contrebas d'un pavillon du parc, elle envoya ses deux servantes lui cueillir des fleurs. Le fils de son oncle paternel qui s'appelait Zi Man était venu leur rendre visite. Quand il aperçut sa cousine dans le bosquet, il lui demanda si l'endroit était suffisamment frais. Belle de Candeur acquiesça et l'invita à venir la retrouver :

— Venez donc en goûter, vous aussi, de la fraîcheur, mon cousin !

— S'asseoir ainsi, l'un près de l'autre, n'est pas convenable, répondit le jeune homme.

— Mais des cousins sont-ils des étrangers l'un à l'autre ? qu'y aurait-il d'inconvenant à s'asseoir ainsi ? rétorqua Belle de Candeur.

Zi Man avait alors tout juste dix-huit ans. Très élégant de sa personne, il s'adonnait aux charmes du « vent et de la lune » et, par nature, s'égarait dans le vin et les femmes. Quand il entendit sa cousine qui était aussi belle qu'une immortelle du ciel l'inviter à s'asseoir à ses côtés, « ses âmes supérieures s'égarèrent »[2]. Il en oublia les règles de bienséance qui régissent les relations entre cousins. Comme son membre s'ébranlait soudain, il se prit à penser qu'à l'instant précis, il n'y avait personne alentour et qu'il pourrait aisément attirer sa cousine par de douces paroles. Il s'assit tout contre elle et lui demanda en riant :

— Cousine, avez-vous vu les présents envoyés par votre future belle-famille ?

Depuis ses relations avec l'immortel, Belle de Candeur avait quelque peu perdu sa timidité, aussi répliqua-t-elle :

— Eh bien non, je n'ai encore rien vu !

— Sont arrivés dix rouleaux de soieries précieuses et une paire de jades blancs, dit-il, je pensais que mon oncle vous les avait montrés.

— Cela en vaut-il pas la peine ? répondit-elle.

Et elle ressentit à son tour une excitation toute printanière, ce dont n'importe quel imbécile de la terre eût pu se rendre compte et, a fortiori, Zi Man qui était de la race des galants. Les pensées de ce dernier étaient d'autant plus agitées que

---

2. *Ses âmes supérieures s'égarèrent,* expression qui signifie perdre la tête. Les anciens Chinois croyaient à deux âmes ou plus exactement à deux groupes d'âmes ou d'esprits vitaux, les uns, yang, « âmes supérieures ou spirituelles » *animus (hun)* au nombre de trois qui commandent le souffle et les fonctions supérieures, les autres, yin, « âmes sensitives ou matérielles » *anima (po)* qui sont sept et qui sont attachées à la vie organique en général.

Belle de Candeur ne portait alors qu'une chemise de gaze parfumée où l'on voyait poindre ses seins.

— Hum ! hum ! dit-il, quelle paire de bons petits seins avez-vous là, ma cousine !

Belle de Candeur dont le visage s'empourprait peu à peu lui répondit en riant :

— Eh bien ! goûte-les donc !

Comme Zi Man se rapprochait, elle lui donna une gifle en pleine figure :

— Petit vaurien, tu veux donc les manger pour de bon ?

— Mais oui, répondit-il tout en lui défaisant sa chemise d'où apparurent bientôt deux seins aussi blancs et tendres qu'une tête de poulet tout juste cuite à la vapeur dont les aréoles telle la crête étaient d'un rouge délicat ; des seins à se pâmer d'amour, assurément !

Zi Man s'en délecta, s'appliquant à les lécher sans interruption. Or, voilà que son membre viril se dressait pareil à une lance d'or ; il était si raide et si pointu qu'il frottait contre la partie fendue du pantalon de Belle de Candeur. Celle-ci lui demanda alors avec malice :

— Mais quelle est donc cette chose ?

— C'est une chose excellente, répondit Zi Man, tu es encore une jeune fille et tu n'en as pour sûr jamais vu de pareille !

Comme Belle de Candeur riait et riait de plus belle, Zi Man en profita pour défaire son pantalon et l'étendre. Et soulevant très haut ses « lotus d'or » sur ses épaules, il aperçut cette chose légèrement convexe d'une blancheur odorante comme un petit pain cuit à la vapeur et recouverte d'un très léger duvet[3]. Alors il donna l'assaut et dirigea son membre viril vers l'incarnat de la fente. Et, bien que celle-ci fut baignée de sécrétions, il ne put le faire pénétrer. Le dressant alors avec vigueur, il fit seulement pénétrer « la tête de tortue »[4]. Et forçant à nouveau, il ne l'enfonça qu'à moitié. Rassemblant alors toute son énergie, il effectua quelques allées et venues, et réussit enfin à le faire entrer jusqu'à la racine. Il tirait doucement et poussait profond. Par-delà « la crête de coq »[5], il sentait le « cœur de sa fleur » qu'il frottait et frottait. Ah ! Beauté que les mots ne peuvent dire ! Belle de Candeur pratiquait de son côté « l'art de cueillir les fruits de la bataille » : elle absorbait l'essence virile et dirigeait son souffle. Elle s'activait avec une telle précision, se contractant et se relâchant à l'envi que Zi Man fut bientôt dans un état proche de la pâmoison. Mais de peur de voir quelqu'un venir, il se retira pour émettre sa semence ; puis, à la hâte, il arrangea ses habits. Belle de Candeur remit en ordre sa coiffure, réajusta ses vêtements et son pantalon. Et ils s'assirent de nouveau, l'un à côté de l'autre, comme auparavant.

— Ma cousine, quand pourrai-je à nouveau goûter à tes attraits comme aujourd'hui je l'ai fait ?

---

3. Si la comparaison du sexe féminin avec un petit pain cuit à la vapeur n'est pas très explicite pour nous, elle évoque chez le lecteur chinois la blancheur tendre et la fraîcheur moelleuse.

4. *Tête de tortue, guitou,* désigne le gland du pénis. L'organe masculin est souvent baptisé « tortue » du fait de l'analogie physique entre le long cou et la tête pointue de cet animal, voir van Gulik, *Vie sexuelle,* p. 285-286, 288.

5. *Crête de coq, jiquan,* désigne le clitoris. Sur la comparaison de la vulve avec la tête de coq ou de poulet, voir van Gulik, *Vie sexuelle,* p. 211, 261.

— Viens aussi souvent que tu le pourras et quand nous en aurons le loisir, eh bien ! nous...

Comme ils étaient au beau milieu de leur conversation, les deux servantes revenaient avec dans les bras des branches de grenadiers fleuries qu'elles offrirent avec respect à leur maîtresse [6]. Belle de Candeur en prit quelques-unes qu'elle ficha dans sa chevelure de chaque côté des tempes et dit, s'adressant à Fleur de Chrysanthème :

— Sont-elles bien disposées ainsi ?

— Vous êtes belle, princesse, lui répondit celle-ci, mais ces fleurs rendent votre beauté plus attrayante encore !

Nous les laisserons deviser ainsi.

Disons simplement que depuis qu'il avait obtenu les faveurs de Belle de Candeur, Zi Man ne cessait à chaque instant de penser à elle. Elle régnait seule sur son cœur. Dès qu'il en avait le loisir, il se rendait dans le pavillon du parc sous prétexte d'admirer les fleurs ; et, quand il n'y avait personne, ils consommaient leur forfait. Un jour qu'il se trouvait avec elle dans le pavillon et qu'ils étaient parvenus au moment où « le faisan se renverse et où le phénix tombe », ils furent surpris inopinément par Fleur de Lotus. La servante qui avait l'esprit vif se rendit immédiatement compte de ce qu'il en était et disparut. Mais Belle de Candeur l'avait aperçue. Elle dit à Zi Man :

6. Comme en Occident, la grenade symbolise la fécondité ; elle a aussi en Chine une forte connotation sexuelle puisqu'elle évoque la vulve. On servait lors des mariages du vin de grenade rouge. Il n'est donc pas indifférent que Belle de Candeur fiche des fleurs de grenadiers dans sa chevelure après son commerce avec son cousin.

— Zut ! quelqu'un nous a vus !

— Et qui donc ? demanda celui-ci.

— Fleur de Lotus, elle vient de s'enfuir à l'instant.

— S'il lui vient à parler de notre affaire, qu'allons-nous devenir ?

— Ne te fais pas de souci, dit-elle, elle n'en dira rien car je vais la faire entrer dans le jeu [7].

— Parfait, parfait, répondit Zi Man qui jeta ensuite un vêtement sur ses épaules et s'en alla.

Le soir même, sous prétexte qu'elle avait faim, Belle de Candeur devait ordonner à Fleur de Chrysanthème d'aller lui chercher quelques friandises dans les appartements du devant. Restée seule avec Fleur de Lotus, Belle de Candeur lui demanda :

— Tu connais ma liaison, en as-tu parlé à quelqu'un ?

— Vous êtes mon unique maîtresse, comment oserais-je parler à quelqu'un de vos affaires ?

— Brave petit museau futé ! répondit Belle de Candeur qui l'interrogea à nouveau : Et souhaiterais-tu, toi aussi, connaître cette affaire-là ?

— J'ai seize ans déjà, et comment ne la désirerai-je pas ? Rien d'aussi beau n'arrive jamais aux servantes, hélas !

— Eh bien, si tu le veux, attendons le moment opportun et nous nous réjouirons tous les trois ensemble.

Fleur de Lotus acquiesça d'une voix émue. Fleur de Chrysanthème arrivait justement en portant les

---

7. *Entrer dans le jeu,* nous avons traduit *ruma* qui signifie littéralement « entrer et chevaucher » par cet euphémisme qui rend mieux compte du sens dérivé qu'il prend dans ce contexte.

amuse-gueule[8]. Su E en prit un ou deux, puis elle enleva ses vêtements pour se reposer. Et à partir de ce moment-là, nos trois personnages s'endormaient ensemble aube après aube tandis qu'ils se réjouissaient de concert nuit après nuit. Or, Zi Man était par nature de constitution médiocre. Qu'il eût à « importuner » deux personnes à la fois et que, par ailleurs, Belle de Candeur pratiquât l'art de cueillir les fruits de la bataille en empruntant au yang pour compléter le yin, il arriva que, si les jeunes femmes embellissaient toujours, l'infortuné garçon dépérissait de jour en jour. Un peu plus de deux années plus tard, il contracta une funeste consomption dont rien ne put le guérir. Ajoutons aussi qu'il était en proie au feu de la passion qui constamment le consumait. Bientôt, il ne put plus rien avaler et crachait du sang sans arrêt. Et après sept ou huit mois hélas, le galant mourut. Si certaines personnes avaient entendu parler de la mort de Zi Man, d'autres connaissaient la nature de ses relations avec Belle de Candeur. Mais qui oserait proférer la moindre parole contre notre princesse, ne vaut-il pas mieux rester muet ? Mais il n'empêche que :

Depuis l'Antiquité minois roses ont piètre vocation
Et qu'à aimer l'affaire on n'arrive pas souvent à destination !

Mais ne nous attardons pas plus longtemps sur la mort de Zi Man, pour revenir au dignitaire Xia

8. *Amuse-gueule, dianxin,* littéralement « pointes cœur » que nous avons rendu plus haut par « friandises », l'expression désignant des aliments pris le plus souvent en dehors des repas et qui accompagnent en général la consommation d'alcool.

Yushu de la principauté de Chen. Trois printemps s'étaient écoulés depuis qu'il avait obtenu l'assurance d'épouser Belle de Candeur. Et l'inclination qui l'avait alors conduit vers elle, rien n'avait pu l'altérer ! Il songeait que Belle de Candeur avait à présent dix-huit ans, et qu'il pouvait la prendre pour épouse. Il pria instamment son ami Kong Ning de retourner à Zheng. Kong Ning s'exécuta, il rencontra à nouveau le duc Mu et, après avoir prononcé tout d'abord quelques paroles affables, il s'exprima ainsi :

— La princesse est à présent adulte, nul chez le dignitaire Xia n'est à même de l'aider aux affaires domestiques. Aussi m'a-t-il envoyé vous demander sa main. Pourrais-je connaître votre sentiment, Majesté ?

— La princesse a aujourd'hui l'âge requis. Il convient donc d'accomplir ce mariage. Que le dignitaire Xia choisisse un jour faste pour venir l'épouser.

Kong Ning lui présenta alors une boîte rouge et or dans laquelle se trouvait une tablette de bambou. Et il ajouta que Xia Yushu avait déjà déterminé un jour faste pour la cérémonie qui était le 3 du troisième mois. Le duc Mu se saisit de la tablette pour y jeter un coup d'œil. Il y était écrit : *En se conformant avec respect aux prescriptions de l'almanach, nous avons choisi le 3 du troisième mois. En ce jour, toutes les affaires se peuvent accomplir ; elles seront aussi grandement favorables que grandement profitables*[9]. Le duc Mu envoya ensuite un serviteur por-

9. Il était fait en Chine comme en Occident un usage fréquent de l'almanach pour le choix des dates relatives aux événements importants de l'existence, et en particulier au mariage.

ter cette tablette dans les appartements privés. Puis il s'adressa à Kong Ning en ces termes :

— Nous sommes aujourd'hui le 8 du deuxième mois, une demi-lune nous sépare de la date du mariage, je suis dans l'obligation de vous demander de prendre la peine de vous en retourner chez vous.

Kong Ning acquiesça et prononça encore quelques paroles avant de prendre congé pour se rendre à la résidence des hôtes. Le lendemain, jour de son départ, tous les officiers de Zheng escortèrent Kong Ning jusqu'aux murailles de la cité et partagèrent avec lui un dernier banquet. De retour à Chen, il devait rencontrer Yushu afin de lui faire part du succès de sa mission. Yushu lui dit :

— Quelle peine vous ai-je donné ! cher frère aîné, comment pourrais-je jamais vous récompenser ?

Kong Ning qui, au fond, était un homme auquel les aventures galantes ne déplaisaient pas lui répondit avec la meilleure grâce du monde :

— Eh bien, n'est-il pas indispensable que nous tirions tous les deux parti de l'épouse que vous allez prendre !

— Si nous devons ensemble la pratiquer, rétorqua Yushu, il me paraît indispensable que j'use d'abord de madame votre épouse !

Les deux hommes rirent encore un moment avant de se séparer.

Lumières et ténèbres passèrent comme la flèche. Le temps de cligner un œil et, déjà, nous fûmes le 1er du troisième mois. Yushu sollicita Kong Ning pour qu'il l'accompagne voir leur roi, le duc Ling. Et, après avoir été reçus par celui-ci, ils rentrèrent dans leurs résidences. Le duc Ling devait donner ordre à ses serviteurs et à ses cochers de préparer des palanquins et des chevaux qu'il fit mettre à la disposition de Yushu. Et ce dernier devait, le jour même, se diriger vers la principauté de Zheng en compagnie de Kong Ning. Drapeaux et étendards couvrirent bientôt le ciel tandis que montait alentour la clameur des chevaux et des chars. Ils atteignirent les frontières de Zheng en une journée à peine. Les officiers civils et militaires de Zheng les attendaient tous dans une résidence d'hôtes située à une respectable distance de la cité [10]. Yushu et Kong Ning mirent pied à terre. Ils burent le vin réservé à la réception des hôtes qui arrivent de loin et, accompagnés par les officiers, pénétrèrent dans la cité. Ils prirent un peu de repos avant que le duc Mu n'arrive pour leur rendre une visite cérémonielle. Et c'est ainsi que l'on vit les futurs gendre et beau-père se serrer la main, se dire d'aimables paroles en se présentant des coupes de vin et en s'invitant mutuellement à boire, et ce, jusqu'à la première veille de la nuit, moment où ils se séparèrent. De retour dans son palais, le duc Mu dit à son épouse :

— Notre gendre est un homme hors pair. Nul ne peut trouver critique à lui faire.

Mais nous ne vous dirons même pas qu'en entendant ces propos, son épouse eut le cœur content.

Au troisième jour, Yushu mit des fleurs dans sa

---

10. *Respectable distance,* le texte précise que les officiers de Zheng attendaient les envoyés de Chen à une dizaine de lis – unité de mesure qui a varié selon les époques et les régions et qui correspond à cinq cents mètres environ – de la capitale, ce qui est une marque de profond respect.

coiffure et revêtit des habits rouges [11]. Kong Ning, dans ses vêtements d'apparat, l'accompagna jusqu'à la porte méridienne où le duc vint les accueillir les invitant à pénétrer dans la salle d'audience du palais. Et que l'hôte et ses invités échangèrent politesse sur politesse, il n'est peut-être pas utile de le préciser. Quand le banquet prit fin, la princesse fut invitée à monter en palanquin. Sur le chemin qui les conduisait à la résidence d'hôtes où ils allaient se marier, le roulement des tambours assourdissait le ciel de son ardeur intense. Arrivée à destination, la princesse descendit de son palanquin ; après avoir sacrifié au ciel et à la terre, les deux nouveaux époux pénétrèrent dans la chambre nuptiale où ils échangèrent des coupes faites d'une calebasse fendue par moitié [12]. Yushu souleva le voile qui recouvrait la tête de la jeune épousée et leva les yeux vers elle. Ses habits de cour et ses parures de jade la rendaient pareille à la déesse Chang' E qui réside en la Lune [13]. Yushu se demandait à part lui ce qui lui avait valu d'être uni en ce monde à une telle beauté. Le soir venu, lorsque tous les invités eurent pris congé, les deux époux défirent leurs vêtements et se couchèrent. En secret, Belle de Candeur prit une pilule à « resserrer la vallée ». Yushu était tout contre elle, il sentait l'ossature de jade et la chair

11. Les habits rouges sont réservés au mariage qui est souvent appelé « l'affaire rouge » (*hongshi*).

12. *Coupes faites d'une calebasse fendue par moitié, hejin,* coupes nuptiales que s'échangeaient les jeunes mariés le soir de leurs noces.

13. Chang' E est la femme de l'archer légendaire Yi qui abattit neuf des dix soleils qui brûlaient la Terre. Ayant dérobé l'élixir d'immortalité à son époux, elle s'enfuit dans la Lune où elle demeura inaccessible.

pure comme la glace de ce corps qui n'en était pas moins extraordinairement tendre et souple. Le feu du désir l'embrasa violemment et d'une poussée, il dirigea son membre de jade vers le « cœur de sa fleur ». Et comme il ne put y entrer d'un pouce, il pensa que c'était parce que Belle de Candeur était vierge. Voulant l'initier à l'affaire des hommes sans violence de peur qu'elle ne souffrît, il la pénétra doucement, doucement, jusqu'à mi-membre. L'intérieur de cette vallée était resserré, on le sait, à l'extrême ; mais il était aussi brûlant qu'un feu activé par quatre soufflets. Son énergie décuplée, Yushu effectua un va-et-vient pour finalement enfoncer son membre jusqu'à la racine. Et le cœur débordant de bonheur, il émit et émit encore de la semence, et ce, plusieurs fois au cours de cette même nuit.

Au matin, sa toilette terminée, il alla remercier chaleureusement Kong Ning du succès de cette alliance. Il prit ensuite congé du duc Mu pour rentrer à Chen avec son épouse. Celle-ci monta dans un palanquin, lui-même chevauchait en compagnie de Kong Ning. Et des affaires qui se passèrent en chemin, nous n'en dirons rien.

De retour dans sa patrie, Xia Yushu alla rendre visite au duc Ling avant de regagner sa résidence privée. Belle de Candeur avait troqué ses habits de cérémonie pour des vêtements de mise plus simple ; elle apparut à son époux encore plus belle et plus désirable. Il était si épris d'elle que le soir venu il se livrait au plaisir sans retenue. Mais n'en disons rien de plus. Sachez que les deux servantes Fleur de Lotus et Fleur de Chrysanthème avaient suivi leur maîtresse à Chen. Or, une nuit, Fleur de

Chrysanthème poussa un grand cri. Fleur de Lotus affolée se saisit d'une lampe pour l'éclairer en disant :

— Quel malheur !

Et, si vous ne savez pas encore ce qu'il advint, eh bien, prêtez l'oreille aux explications du chapitre qui vient.

CHAPITRE TROISIÈME

Présenter ses condoléances puis sonder les intentions de l'épouse.
A fréquenter Zhulin, les deux officiers se jalousent.

Fleur de Lotus tenait donc une lampe au-dessus de sa compagne qui avait les dents serrées et le visage couleur de la terre.

— Ceci ne me dit rien qui vaille ! petite sœur, qu'as-tu donc ?

Fleur de Lotus l'appela un bon moment ; puis Fleur de Chrysanthème se sentant un peu mieux ouvrit les yeux et l'aperçut qui se tenait à ses côtés. Elle lui dit en pleurant :

— Grande sœur, Je me meurs.

— Que ressens-tu ?

— Je viens de voir à l'instant le démon porteur de chaînes, dit-elle dans un sanglot, il va venir me chercher et ma vie va prendre fin.

Ses sanglots reprirent. Fleur de Lotus alla prévenir sa maîtresse qui ressentit à son tour, une profonde affliction. Le lendemain, en effet, le souffle vital de Fleur de Chrysanthème s'échappa et elle mourut. Belle de Candeur donna l'ordre d'aller acheter un cercueil et de procéder aux funérailles. Mais de cela nous ne parlerons pas.

Quelque deux années plus tard, Belle de Candeur, devenue dame Xia, devait donner naissance à un fils que l'on prénomma Zhengshu [1]. On sait que Yushu fortement enclin aux délices de l'amour, se livrait matin après matin à la concupiscence et que nuit après nuit il s'adonnait au plaisir. Il nous faut ajouter aussi que son épouse possédait l'art « de cueillir les fruits de la bataille ». Et c'est ainsi que l'on vit l'énergie vitale de Yushu décliner peu à peu tandis que la fleur de son teint chaque jour se fanait un peu plus. Il ne put bientôt plus se lever. Un jour que dame Xia se tenait à ses côtés, il lui dit les larmes plein les yeux :

— Ma chère, avec un visage pareil au vôtre, vous ne demeurerez pas longtemps solitaire. Je regrette que notre fils soit encore bien jeune et qu'il n'y ait personne pour prendre soin de lui. Ah ! qui fera de lui un homme ?

Il posa ensuite la tête sur son oreiller et se mit à sangloter. Puis il pria son épouse de faire chercher son fils auquel il adressa ses ultimes recommandations. Se tournant à nouveau vers sa femme, il déclara :

— Cet enfant a une prestance hors du commun. Il faudra le confier plus tard à mon ami Kong Ning pour qu'il en fasse un homme. Quant à vous, très chère, s'il vous est possible de vous garder fidèle, faites-le, sinon agissez selon votre convenance.

— Que votre cœur soit libre de tout souci, excellence, votre humble servante a décidé de ne point se remarier pour ne pas faillir à la réputation fami-

1. Le prénom public de Zhengshu était Zinan comme le précise le texte.

liale. Ne dit-on pas souvent que : « Ministre fidèle ne sert pas deux princes et que femme chaste n'éprouve pas deux maris ? » Comment pourrais-je me montrer ingrate à votre égard ?

A ces mots, Yushu fut incapable de dire sa joie. Dame Xia fit chercher un médecin célèbre pour le soigner. Mais un jour, après avoir pris le pouls de son patient, celui-ci devait déclarer :

— Cette maladie est incurable.

Il prit congé et s'en alla. A l'annonce de cette nouvelle, dame Xia se lamenta un bon moment. Et effectivement, le lendemain, vers le milieu du jour, le malade mourait. Son épouse revêtit des habits de deuil et s'occupa de régler tous les détails de la cérémonie funéraire, prévenant le duc Ling et tous les officiers. Lorsque Kong Ning apprit la mort de Yushu, il se réjouit en son for intérieur : « Dame Xia m'a bien souvent manifesté de l'intérêt et c'est uniquement parce que son mari était encore en vie qu'elle n'osait se déclarer. Mais maintenant qu'il n'est plus, eh bien, immanquablement, cette appétissante personne sera mienne ! » Il changea ses vêtements pour les habits blancs du deuil et se rendit chez dame Xia pour lui présenter ses condoléances. Il pleura de la porte principale de la résidence aux appartements privés. Dame Xia pleurait elle aussi. Calmant ses larmes, elle lui dit :

— Quand mon mari approchait de sa dernière heure, il s'est tourné vers moi et m'a dit que vous aviez été, sa vie durant, son plus fidèle ami. Notre fils Zhengshu est encore un enfant, et mon défunt époux s'en est remis à vous pour en prendre soin. C'est également à vous qu'il devait confier l'ordonnancement de ses funérailles.

Quand elle eut cessé de parler, elle se prosterna devant lui. Kong Ning, très empressé, lui rendit son salut et répondit :

— Rassurez-vous, très chère belle-sœur, je prends ses affaires en main.

Et à peine avait-il terminé sa phrase qu'il sortit s'occuper de la cérémonie funéraire. Au moment où le soleil tombait derrière la montagne du ponant, il se trouvait encore dans la maison Xia, s'apprêtant à y loger. Quand elle apprit cela, dame Xia ordonna à Fleur de Lotus de lui apporter matelas et couvertures, thé et alcool.

Assis dans la bibliothèque, Kong Ning avait, en fait, l'esprit uniquement occupé par dame Xia, et il réfléchissait avec application au moyen de faire sa conquête. Il vit soudain arriver Fleur de Lotus qui lui apportait à boire de manière si galante que son cœur en fut empli de joie. Il alla à sa rencontre et lui demanda d'un air enjoué :

— Et toi, qui t'as envoyée ?

La servante qui était aussi séduisante que vive d'esprit et qui, de surcroît, était coutumière de ce rôle d'entremetteuse, lui répondit avec un sourire charmeur :

— C'est ma maîtresse !

Elle accompagna ses mots d'une œillade passionnée qui attisa encore le feu du désir qui avait embrasé Kong Ning. Comme il n'y avait personne alentour, ce dernier s'avança vers elle et, la serrant contre lui, la baisa sur la bouche. Fleur de Lotus eut peur soudain que quelqu'un ne vienne les surprendre, aussi se dégagea-t-elle pour s'enfuir. Kong Ning était aussi désemparé que celui qui perd ce qu'il allait posséder. Cette nuit-là, il ne dormit pas.

Il avait cherché et venait de découvrir un stratagème infaillible. Il se dit en riant : « Ah ! j'ai trouvé. Ne dit-on pas que depuis l'Antiquité, si personne ne convoitait un trésor, nul ne consentirait à se lever aux aurores ! Je vais donner demain à Fleur de Lotus quelques objets précieux, et il est sûr qu'elle fera ce que je lui demanderai. Rien ne peut empêcher à présent sa maîtresse de tomber entre mes mains. » Son idée arrêtée, il se leva le matin à l'aube et s'en retourna chez lui chercher des épingles de tête, des bracelets et des parures, puis il s'en revint. Et comme la veille, il s'occupa des affaires du deuil. Le soir, au moment où la maisonnée fut à nouveau tranquille, Fleur de Lotus lui apporta du thé. Kong Ning, très allègre, se gratta les oreilles et se frotta les joues. Il l'apostropha en riant :

— Fleur de Lotus, ma sœur aînée !

— A quoi puis-je vous être encore utile ? interrogea-t-elle.

— Tu me sers avec tant de diligence qu'il n'est rien que l'on ne puisse t'offrir. J'ai remarqué que tu avais bien peu de parures de tête, c'est pourquoi je t'en ai apporté quelques-unes. Les accepterais-tu ?

— Vous servir est mon devoir, répondit-elle, comment oserais-je accepter vos présents ?

Kong Ning prit alors une boîte en laque dorée qu'il tendit à la servante ; en l'ouvrant, celle-ci découvrit de nombreuses parures d'or et de perles qu'elle prit en riant :

— Merci pour tous ces présents. Merci infiniment !

— Nul besoin de me remercier, répondit Kong Ning, viens donc ici.

Fleur de Lotus s'approcha de quelques pas ; Kong Ning la prit dans ses bras et la serra contre lui ; il voulait faire, comme on dit, « nuages et pluie ». Fleur de Lotus allégua que pour cela, il fallait attendre que sa maîtresse soit endormie pour qu'elle puisse revenir discrètement. Kong Ning la laissa partir, et quand vint la première veille, elle le rejoignit à la faveur de l'obscurité. Kong Ning vint l'accueillir, la fit entrer et ferma la porte derrière lui. Ils enlevèrent tous les deux leurs vêtements. Il l'assit sur un siège et écarta ses deux jambes. A la lumière de la lampe, il voyait la « porte féminine » d'un blanc opulent qui s'élevait très haut et sa fente que rendaient humide les sécrétions. Si Fleur de Lotus avait connu l'affaire des hommes, elle n'avait pas encore eu d'enfant, aussi sa vallée n'était-elle ni très resserrée, ni très évasée. Seules deux ou trois allées et venues furent nécessaires à Kong Ning pour enfoncer son membre jusqu'à la racine. Puis, peu à peu, il poussa plus profondément et, d'affilée, il devait effectuer plusieurs centaines de va-et-vient. Il sentait la « crête de coq » de Fleur de Lotus encapuchonner la « tête de sa tortue », engloutissant et recrachant de merveilleuse manière. « Le cœur de sa fleur » s'agitait par saccades ; elle serra plus fort la taille de Kong Ning en ne cessant de haleter doucement. Ce dernier ne put qu'appuyer plus fort, balançant à gauche et frottant à droite, ce qui provoqua bientôt chez sa partenaire des cris de jouissance infinie. Des pieds à la tête, leurs corps furent bientôt endoloris de bonheur ; il en fut de même plusieurs fois. Elle plaça alors sa langue tendre dans la bouche de Kong Ning qui la suçota. La pointe en était légèrement fraîche. Il sut alors que Fleur de Lotus avait atteint l'extrême limite du plaisir ; lui-même extrêmement satisfait émit sa semence. Fleur de Lotus l'essuya et se sécha à son tour avec son mouchoir de soie ; elle vit que le sol était entièrement couvert de ses sécrétions et de sa semence. Ils se levèrent et allèrent s'allonger sur la couverture de soierie, et, posant leur tête sur le même oreiller, ils se tinrent embrassés. Kong Ning lui confia finalement son désir de « monter » sa maîtresse ce qui fut tout à fait de l'avis de la servante.

— Si cette entreprise réussit, lui dit-il, je saurai te remercier.

— Je vais en parler à ma maîtresse, répondit Fleur de Lotus, et viendrai vous appeler demain au début de la première veille.

Comme ils achevaient de parler, on frappait déjà la cinquième veille de la nuit.

— Je ne peux pas rester plus longtemps, dit Fleur de Lotus qui jeta rapidement un vêtement sur ses épaules et ouvrit la porte.

Et sans qu'il se trouve un être humain ou même un esprit pour s'en apercevoir, elle avait regagné sa chambre. Le lendemain, tout naturellement, elle s'acquitta du message de Kong Ning auprès de sa maîtresse. Et comme celle-ci lui demandait si elle avait eu des relations avec lui, Fleur de Lotus raconta tout ce qui s'était passé la nuit précédente. Elle lui montra également les objets précieux que Kong Ning lui avait donnés. Dame Xia qui, par nature, était une femme galante n'avait aucune raison de refuser l'offre de Kong Ning et inclina la tête en guise d'assentiment. Le soir même, au coucher du soleil, Kong Ning se trouvait comme les jours passés dans la bibliothèque. Et après le début de la première veille, Fleur de Lotus arriva, comme il était convenu, pour le conduire dans la chambre aux broderies. De peur que quelqu'un ne l'aperçût, dame Xia n'avait pas allumé les lampes. Fleur de Lotus conduisit Kong Ning jusqu'au bord du lit, et celui-ci après avoir palpé un moment sut que c'était dame Xia qui était là allongée sur le dos. L'aiguillon de la chair le remua violemment ; sans qu'il fasse le moindre effort, son membre de jade se redressa. Il enleva immédiatement ses vêtements et monta sur le lit tandis que dame Xia l'attirait à elle. Kong Ning appuya son membre de jade contre l'entrée de la vallée qui était aussi resserrée que celle d'une vierge et où il était extrêmement difficile de pénétrer. Un bon moment après, il ne l'avait toujours enfoncé que de moitié. « Comme c'est étrange, pensait-il, elle n'est plus si jeune et en plus elle a eu un enfant. Que se passe-t-il donc ? » Il s'adressa alors à la dame :

— Ma chère, comment parvenez-vous à garder une vallée aussi resserrée ?

— C'est un immortel qui m'a instruite de ce procédé, répondit-elle.

Kong Ning en fut stupéfait. Il fit alors pénétrer entièrement son membre de jade dans la vallée. Dame Xia sut l'accueillir et se mouvoir avec précision et justesse. Et ils se livrèrent ainsi au plaisir toute la nuit durant. Comme ils prenaient un peu de repos, dame Xia dit à Kong Ning :

— Mon fils Zhengshu est grand à présent et il n'est pas convenable d'avoir ainsi affaire. Ne serait-il pas mieux de l'envoyer au loin suivre les enseignements d'un maître ? Je retournerai habiter dans ma résidence de Zhulin [2] et nous pour-

2. Zhulin ou littéralement « le bois des souches » est dans le roman le nom de la résidence privée de Xia Yushu. Mais Zhulin désignait aussi le fief de ce dernier, situé à proximité immédiate de l'actuelle préfecture de Zhengzhou dans la province du Henan.

rons demeurer tous les deux ensemble indéfiniment.

Kong Ning fut entièrement d'accord. Ce matin-là, il devait dérober à la dame un pantalon brodé dont il se vêtit. Il demeura encore quelques jours chez elle et quand la cérémonie funéraire fut achevée, il conduisit Zhengshu chez un maître. Dame Xia retournait habiter à Zhulin, et ils y entretinrent des relations si secrètes que nul ne s'en aperçut jamais. Mais un jour qu'il buvait avec un fonctionnaire de ses amis, un dénommé Yi Hangfu, Kong Ning devait lui révéler son commerce avec dame Xia ; il devait même évoquer le pantalon brodé. Yi Hangfu était avec Kong Ning un des ministres préférés du duc Ling qu'ils servaient couramment. S'adonnant au vin et aux femmes, ils suivaient leur maître dans ses divertissements. Yi Hangfu était même le plus virulent de ces noceurs, celui qui « frappait du gong et battait du tambour ». En entendant ce jour-là parler de dame Xia, il ne put empêcher son cœur de le chatouiller et ses pensées de devenir passablement confuses. De retour chez lui, il déploya toutes les ressources de son esprit afin de nouer des relations d'amitié avec Fleur de Lotus ; et il lui donna une somme rondelette pour qu'elle accepte d'intercéder en sa faveur auprès de sa maîtresse. De son côté, dame Xia n'avait pas été sans remarquer la haute stature et l'air imposant de Yi Hangfu ; ce qui fut loin de la laisser indifférente. Elle envoya donc Fleur de Lotus convenir d'une rencontre intime avec lui. Afin d'animer la bataille et de charmer la dame, Yi Hangfu usa de substances propres à éveiller le désir printanier. Et ce fut la raison pour laquelle celle-ci devait l'aimer deux fois plus que Kong Ning. Yi Hangfu lui dit un jour :

— Le dignitaire Kong a reçu de vous en présent un pantalon brodé, je désire, moi aussi, un objet qui prouvera que vous m'aimez autant que lui.

— Le pantalon brodé, répondit-elle en riant, mais c'est lui-même qui l'a dérobé ! ce n'est certes pas moi qui le lui ai donné, et elle lui confia à l'oreille : Et s'il a partagé le même lit, il y tenait bien moins de place !

Et elle défit ensuite le vêtement couleur de jade qui enserrait étroitement sa poitrine pour l'offrir à Hangfu. Ce dernier fut au comble du bonheur. Et à partir de ce moment-là, leurs rencontres devinrent si intimes et si fréquentes qu'inévitablement Kong Ning ne put éviter de se sentir évincé. Ah ! tout cela n'est-il pas bien illustré par le poème à l'ancienne que voilà :

A Zheng les mœurs sont ô combien licencieuses ![3]
Eliminée des vertueux Huan et Wu t'influence heureuse.[4]
Officiers et dames rivalisent pour s'accoupler de plus belle
Et l'union vraie s'est perdue dans quartiers et venelles.

---

3. A l'époque des Printemps et des Automnes, certaines principautés comme par exemple Zheng ou Wei étaient réputées pour la décadence de leurs mœurs ; c'est ce qui ressort du *Livre des odes (Shiqing),* un des grands livres classiques de la Chine, auquel il est maintes fois fait allusion dans ce poème.

4. Huan et Wu étaient des princes vertueux du royaume de Qi sur lequel ils régnèrent respectivement entre 685-642 et 850-824 avant notre ère. Le poète veut signifier par cette allusion que l'influence bénéfique de ces deux rois ne s'exerce plus depuis longtemps sur les habitants de la principauté de Zheng, qui s'adonnent à la luxure, faisant fi de toutes les conventions morales qui structurent la société confucéenne.

La muraille, Zhongzi veut sauter,
Et Zizhong est un rusé trop bien fagoté.[5]
Porte de l'Est, souvenir des roseaux galants[6]
Et hors tes murs, tes couples rampants.[7]

Etoffe bleue chère à mon cœur !
Conduire son char sans dessein arrêté
Malgré vent et pluie, le coq chante à l'heure[8]
Pour se rencontrer en secret, quelle ingéniosité !

L'eau agitée emporte la rumeur des fagots[9]
Si elle nous blâme, peu nous chaut.
La moralité des temps vous a par trop ému
Comment serai-je à des jours aussi beaux parvenu ?

---

5. Zhongzi et Zizhong étaient tous les deux des membres de la famille royale de Zheng, réputés pour leurs manquements à la moralité.

6. *La porte de l'Est,* allusion à différents poèmes du Livre III du *Shijing* selon lesquels les rendez-vous galants étaient donnés à la porte de l'Est. Voir la traduction de S. Couvreur, *Cheu king,* Ho Kien Fou, 1896, p. 100, en abrégé dorénavant *Cheu king.*

7. Allusion à un autre poème du *Shijing,* Couvreur, *Cheu king,* p. 101, ce vers signifie qu'à l'instar des citadins, les gens de la campagne s'accouplent en tous lieux comme les plantes rampantes qui croissent anarchiquement.

8. *Le coq chante à l'heure* et *vent et pluie* sont des expressions empruntées aussi au *Shijing,* cf. Couvreur, *Cheu king,* p. 98-99 ; elles donnent lieu à différentes interprétations. Pour certains, le poète célébrait un sage qui venait rétablir l'ordre à Zheng et dont l'arrivée fut comme le chant du coq dans la nuit orageuse ; dans le contexte qui nous intéresse, celui des relations intimes entre dame Xia et Yi Hangfu, il pourrait s'agir du coq qui chante malgré les circonstances adverses, c'est-à-dire de l'amant ou de l'amante que l'on retrouve fidèlement malgré les interdits moraux.

9. *Les fagots,* allusion à un autre poème du *Shijing,* Couvreur, *Cheu king,* p. 78-79. L'eau qui emporte les fagots étant comparée aux personnes qui propagent des rumeurs.

Après avoir reçu de dame Xia cette étoffe, Yi Hangfu s'en vanta auprès de Kong Ning. Ce dernier s'enquit alors discrètement auprès de Fleur de Lotus de la nature de leurs relations et devait apprendre qu'ils s'aimaient très intimement. Son cœur était plein de jalousie, et l'idée de n'avoir aucun plan pour les séparer le harcelait. Un jour, cependant, qu'il marchait par hasard dans le parc de dame Xia, un merveilleux stratagème lui vint à l'esprit.

Et si vous ne savez pas encore à quoi il pensait, eh bien, prêtez l'oreille aux explications du chapitre qui vient.

CHAPITRE QUATRIÈME

Dans le parc aux pivoines la servante joue à l'entremetteuse
Et dans le pavillon où perche le phénix la belle est toujours plus ravageuse.

Kong Ning venait donc de trouver un stratagème qu'il jugea merveilleux. « Mon maître, le duc Ling est si avide des plaisirs de la chair, pensait-il, je crois bien qu'il a parlé à plusieurs reprises de dame Xia manifestant à son égard l'intérêt le plus vif. Et s'il regrette une chose, c'est bien de ne pouvoir la posséder. Si je le lui permets, il m'en sera éternellement reconnaissant. Il souffre malheureusement de ce vice appelé "puanteur du renard", et je suis bien certain que dame Xia sera repoussée par la détestable odeur de ses aisselles. Il va donc me falloir lui "donner un coup de pouce". J'en profiterai aussi pour entreprendre la dame, et Yi Hangfu n'en prendra plus à son aise aussi souvent. Me voilà donc débarrassé de tous ces tracas. Ah ! quel plan excellent ! »

Kong Ning se rendit alors auprès du duc Ling pour l'entretenir de la beauté de dame Xia, laquelle, devait-il ajouter, n'avait pas sa pareille sous le ciel.

— Le renom de sa beauté m'est connu, dit le duc, mais n'approche-t-elle pas déjà de ses quarante ans, et je crains bien qu'à l'instar des fleurs de pêchers au troisième mois, la fleur de son teint ne se soit inévitablement flétrie.

— La dame est versée dans « l'art de la chambre à coucher », répondit Kong Ning, et son teint est aussi frais que celui d'une jeune personne de dix-sept ou dix-huit ans.

A l'entendre ainsi parler, le duc Ling sentit le feu de la passion monter en lui et il lui demanda :

— Et connaîtriez-vous un moyen pour que je la rencontre ?

— La famille Xia réside à Zhulin, expliqua Kong Ning, c'est un endroit aussi retiré et paisible qu'attrayant. On peut si aisément y vagabonder ! Il vous suffit de vous rendre demain à Zhulin, et dame Xia viendra tout naturellement vous y accueillir. La dame a une servante appelée Fleur de Lotus qui est prévenue de ses affaires sentimentales, et je vais, quant à moi, lui communiquer vos intentions, altesse. Il n'y a vraiment aucune raison pour que les choses ne s'arrangent pas !

— Je vous accorde toute ma confiance, cher dignitaire, conclut en riant le duc Ling. Et dès le lendemain, il ordonnait à son cocher de préparer sa voiture pour se rendre à Zhulin. Seul le dignitaire Kong Ning l'accompagnait. Celui-ci avait envoyé une missive à dame Xia lui demandant de faire préparer des mets recherchés pour recevoir le duc ; il avait aussi dévoilé les intentions du duc à Fleur de Lotus pour qu'elle s'acquitte au mieux de sa mission d'entremetteuse. La dame, on le sait, ne craignait ni les affaires, ni les qu'en-dira-t-on. Aussi, au moment dit, tout fut-il préparé. Le duc Ling n'avait plus qu'une idée en tête : posséder la dame, et sa promenade à Zhulin n'était, vous le pensez bien, qu'un prétexte. Ne dit-on pas avec juste raison :

Dérober le jade et en voler le parfum, voilà sa décision !
Contempler les eaux et goûter la montagne, telle n'est point son intention !

Peu de temps après, le duc devait arriver à la résidence des Xia. Revêtue de ses habits d'apparat, dame Xia vint l'accueillir devant la salle principale. Elle le salua avec respect et parla ainsi :

— Le fils de notre humble servante, Zhengshu, est à présent parti suivre les enseignements d'un maître ; je ne savais pas que Votre Majesté allait conduire son attelage en daignant abaisser ses regards sur le voisinage et faute à moi si j'ai manqué à l'observance en vous accueillant si piètrement.

On pouvait entendre le babil de sa voix, clair et charmeur tel le tout premier chant du loriot. Le duc Ling la contemplait, elle qui était pareille à une immortelle du ciel. Rarement une telle beauté avait enorgueilli ses Six Palais [1] ! Il s'adressa à elle en ces termes :

— Je me promenais au hasard et, passant par votre honorable résidence, je me suis permis de vous présenter mes respects, je vous prie de ne point vous en alarmer.

1. *Les Six Palais,* expression consacrée qui signifie que les épouses et les concubines royales sont si nombreuses qu'il ne faut pas moins de « six palais » pour les loger toutes.

La dame, les mains dans ses manches, lui répondit :

— Les pas de jade de Votre Majesté ayant consenti à s'y humilier, Zhulin voit son éclat d'autant plus exalté. Votre humble servante a fait préparer une légère collation qu'elle n'ose présenter à votre seigneurie.

— Je suis confus du mal que vous vous êtes donné, répondit le duc, mais il n'est pas nécessaire de m'honorer à la table cérémonielle. J'ai entendu dire que dans votre honorable résidence, parcs et pavillons sont écartés et ravissants à souhait, et je sais qu'en ce moment, les fleurs de poiriers y sont somptueuses. Je désire les contempler et je souhaiterais, madame, que les mets exquis dont vous allez nous honorer nous soient servis dans un pavillon du jardin.

— Depuis que mon défunt époux a quitté ce monde, poursuivit la dame, j'ai laissé trop longtemps le jardin à l'abandon et ai si souvent négligé de le balayer. Je crains de vous déshonorer, éminence, et vous demande par avance pardon.

La dame savait vraiment recevoir ses hôtes. Le duc Ling eut le cœur ému de ces propos si bien tournés et la tint en plus haute estime encore. Il lui enjoignit de quitter ses vêtements de cérémonie et de le conduire se promener, lui simple mortel, dans le parc. Dame Xia s'exécuta, et dans ses vêtements habituels, elle fut comme la fleur de poirier sous l'éclat de la lune ou le prunus en bouton sous la neige, d'une élégance distinguée et si peu affectée !

Elle conduisit donc le duc dans le parc situé derrière la résidence où l'on ne voyait que sapins vénérables et gracieux cyprès, pierres aux étranges formes et fleurs renommées. Il y avait aussi une petite pièce d'eau. Etaient disposés dans le parc plusieurs pavillons fleuris ; en son centre s'élevait une haute galerie couverte aux balustrades rouge vermillon ; ce bâtiment richement ornementé était l'endroit où l'on offrait des banquets aux invités. Il y avait à gauche et à droite des galeries, et derrière la galerie couverte, plusieurs chambres retirées. Ces galeries décrivaient un zigzag qui venait communiquer avec les appartements privés de la résidence. A l'extérieur se trouvaient le haras et les écuries. A l'ouest, un espace libre avait été planté de poiriers dont les fleurs embaumaient alors. Zhulin n'était-elle pas une merveilleuse résidence ?

Après une courte promenade, le duc entra en compagnie de la dame dans la galerie couverte où étaient disposées les nattes du banquet. Une coupe de vin à la main, la dame désignait une place à chacun de ses invités. Le duc Ling lui fit alors la grâce de s'asseoir à ses côtés, ce qu'elle refusa avec modestie.

— Madame, je vous en prie ! dit le duc qui ordonna à Kong Ning de s'asseoir à sa droite et à la dame de prendre place à sa gauche. Fi de ces cérémonies, laissons là aujourd'hui ces différences qu'il sied habituellement de maintenir entre le prince et ses vassaux ! Ne vaut-il pas mieux se réjouir de concert !

Pendant qu'ils buvaient, les yeux du duc Ling ne manquèrent pas de « tourner de la prunelle » et dame Xia lui envoyait des œillades pareilles aux « vagues d'automne ». Légèrement gris, le duc se laissait aller à des propos galants tandis que de son côté, le dignitaire Kong Ning « battait du tambour » avec intelligence et précipitait les choses. Le vin n'aide-t-il pas les cœurs à se remplir d'allégresse ?

A peine une coupe était-elle vidée qu'on resservait du vin. Ils ne surent bientôt plus combien de coupes ils avaient bues.

En un clin d'œil, le soleil était tombé derrière la montagne du ponant, et on apporta les lampes. Complètement ivre, le duc Ling se coucha sur un lit et se mit à ronfler. Kong Ning avait discrètement prévenu dame Xia que son maître la désirait depuis longtemps et que s'il était venu ce jour-là, c'était pour lui demander de lui accorder ses faveurs. Il la pria de ne pas refuser inconsidérément. La dame sourit et ne répondit rien. Kong Ning savait qu'elle ne manquerait pas de s'exécuter, aussi la laissa-t-il pour prendre du repos comme tout le monde. La dame fit préparer couvertures de soierie et oreillers brodés qu'elle envoya dans la galerie couverte laissant croire que le duc allait y passer le reste de la nuit. Puis elle se disposa à prendre un bain dans une eau chaude et parfumée dans l'attente de cette bonne fortune. Sur ses ordres, Fleur de Lotus était demeurée auprès du prince. Peu de temps après, celui-ci devait se réveiller. Il ouvrit les yeux et demanda qui était là. Fleur de Lotus s'agenouilla et lui répondit :

— C'est votre humble servante Fleur de Lotus. Ma maîtresse m'a demandé de vous servir, Majesté, et je me suis permise d'entrer pour vous apporter une boisson aux prunes qui dissipera votre ivresse.

— La personne qui m'apporte ce breuvage ne

pourrait-elle pas s'entremettre[2] ? demanda le duc.

— Je ne saurais tenir ce rôle. Il est uniquement en mon pouvoir de vous servir le mieux du monde. Comment connaîtrais-je la personne sur laquelle votre attention s'est portée ?

— Sur ta maîtresse, dit le duc, et mes « âmes supérieures »[3] en sont complètement troublées. Si tu peux m'aider, je saurai me montrer généreux.

— Il est à craindre que l'humble personne de ma maîtresse ne soit à votre convenance, noble prince. Mais si vous ne la dédaignez pas, je pourrais vous conduire auprès d'elle.

Le duc, au comble du bonheur, invita sur-le-champ Fleur de Lotus à prendre une lampe et à lui montrer le chemin. Empruntant les galeries en zig-zag, ils atteignirent les appartements privés. Assise seule sous la lampe, dame Xia semblait attendre quelqu'un ou quelque chose. Elle entendit soudain des bruits de pas et allait demander qui venait quand elle vit le duc Ling entrer dans sa chambre. Fleur de Lotus se retira la lampe d'argent à la main.

Le duc étreignit la dame et pénétra sous les tentures en sa compagnie. Il défit ses vêtements et s'allongea à ses côtés. Au premier instant où il caressa cette peau douce et délicate, il fondit de plaisir. Mais quand vint le moment où les plaisirs se rencontrent, elle lui apparut en tous points semblable à une vierge. Comme il s'en étonnait, elle devait lui répondre :

---

2. *Boisson aux prunes rafraîchissante, meitang,* est à double sens, puisque la prune implique l'idée de galanterie et d'entremetteuse.

3. *Ames supérieures,* voir note 2, chapitre deuxième.

— Votre humble servante possède une méthode qu'on lui a un jour transmise. Trois jours ne s'étaient pas écoulés après la naissance de mon fils que ma « chambre fleurie » était revenue à son état antérieur.

— Eh bien ! s'exclama le duc, moi qui ai vu pourtant des beautés pareilles aux immortelles du ciel, je n'ai jamais rien vu de semblable !

S'il nous faut débattre de ce point nous dirons que le membre viril du duc Ling était loin de valoir ceux des dignitaires Kong et Yi. Ajoutons à cela que s'exhalait de lui le souffle de « la puanteur du renard ». Tout cela n'était vraiment pas pour plaire à la dame assurément. Mais il était le prince du royaume, et la dame craignait sa puissance. Elle n'osa pas le dédaigner.

Aussi sur l'oreiller et sur la natte, de cent manières le flattait-elle et, l'esprit ailleurs, cherchait-elle à lui complaire. Elle craignait simplement que le souffle du duc ne devînt trop faible. Elle l'incita alors à se coucher sur le dos et se mit à califourchon au-dessus de lui. De ses deux jambes, elle le pressait s'asseyant et se relevant, comme « si elle avait mis une cerise en bouche » à un petit enfant. Elle s'activait si bien qu'il eut bientôt des fourmillements dans tout le corps et qu'il émit sa semence comme un torrent. Les deux amants se tinrent la tête et prirent du repos. Peu de temps après, le désir du duc s'éleva à nouveau et raidit sa lance. Au cours de cette même nuit, ils combattirent et firent « nuages et pluie » à sept reprises. A la fin, le corps du duc était prêt à se disloquer ; ses quatre membres ne purent reprendre leurs forces, et éreinté, il s'endormit. Quand le coq chanta, la dame le poussa pour qu'il se réveille. Il lui dit alors :

— Les beautés de mes Six Palais vont me sembler, à côté de vous, très chère, de vulgaires objets. Oserais-je vous demander de m'accorder à l'avenir un peu de votre précieux temps ?

Craignant que le duc ne connaisse la nature de ses relations avec les dignitaires Kong et Yi, la dame répondit :

— Je ne dois pas duper, Votre Majesté, depuis que mon époux a quitté ce monde, je ne me suis guère comportée en personne chaste. Pour d'autres que vous, j'ai perdu ma vertu. Mais il m'a été donné aujourd'hui de vous servir, et je vous jure que dorénavant, je ne mènerai plus d'autres intrigues. Ne serait-il pas criminel d'avoir plusieurs cœurs à présent ?

— Cher trésor, parlez-moi de ces riches et nobles personnes sans qu'il soit besoin de dissimuler.

— Il s'agit des hauts dignitaires Kong et Yi, de nul autre, répondit-elle. Je fus contrainte à ces fâcheuses affaires pour élever l'enfant que mon époux me laissa.

— Diable de Kong Ning ! s'écria le duc, je comprends à présent pourquoi il parlait de vous comme d'une merveilleuse affaire ! S'il ne vous avait pas connue personnellement, comment aurait-il pu en parler ? Vous avez été sage de m'en avertir. Soyez certaine que je ne désire qu'une chose à présent, venir vous voir souvent et, quant à vos autres relations, je ne saurais vous les interdire.

— Prince, lui dit-elle, vous pouvez venir me voir aussi souvent que vous le désirez, répondit la dame, ma tristesse serait grande si vous ne veniez fréquemment me rendre visite.

Le duc se leva un moment après ; dame Xia retira sa chemise et la donna au duc pour qu'il la porte sur lui ; elle lui dit alors :

— Prince, quand vous regarderez cette chemise, vous penserez à moi !

Fleur de Lotus reconduisit alors le duc par le chemin qu'ils avaient emprunté la veille, jusque sous la galerie ouverte. Dès que le ciel fut éclairé, le repas du matin fut prêt, et la dame invita le duc à prendre place dans la grande salle d'apparat. Les gens de cuisine apportèrent les plats. L'on donna à tous les hommes de la suite ducale nourriture et alcool pour les réconforter. Kong Ning conduisait le char du duc lorsqu'il rentra à la cour. Tous les officiers savaient pertinemment que le duc avait passé une nuit « champêtre »[4] ; ils attendaient, prêts à le servir, à l'extérieur de la porte du palais. Le duc leur fit dire que l'audience matinale était annulée et il regagna ses appartements privés. On entendit soudain un fonctionnaire en appeler un autre :

— Hé ! grand frère Kong Ning, tu sembles revenir de bien loin ! j'aurais un mot d'explication à te demander.

Kong Ning se retourna et dit :

— Ah ! c'est toi !

Et si vous désirez connaître le nom de cette personne, eh bien, prêtez l'oreille aux explications du chapitre qui vient.

---

4. *Nuit champêtre*, c'est-à-dire en dehors de son palais et en galante compagnie. Les chroniques rapportent que le duc Ling passa effectivement une nuit à Zhulin, et ce avant l'assassinat de Xie Ye, qui eut lieu, non pas comme le signale l'auteur, dans les jours suivants cette visite, mais des années plus tard, en 599 avant notre ère.

CHAPITRE CINQUIÈME

La cour du duc de Chen au divertissement se plaît
Yi Hangfu fait assassiner le ministre loyal en secret.

Eh bien, voyez-vous, c'était Yi Hangfu qui avait interpellé Kong Ning. Dès qu'il l'avait vu arriver près de lui, il l'avait retenu par la manche et entraîné à l'abri des regards. Il lui demanda à l'oreille :

— Où notre maître a-t-il chassé et où a-t-il passé la nuit ? Dis-le-moi sans détour.

Voyant qu'il ne pouvait dissimuler, Kong Ning lui dit la vérité. Yi Hangfu savait bien que c'était sur la recommandation de Kong Ning que le duc s'était rendu à Zhulin, alors il tapa du pied et lui dit :

— Ah ! la belle affaire assurément. Mais je ne te laisserai pas faire.

— Notre maître est à présent comblé, répondit Kong Ning, la prochaine fois ce sera ton tour !

Les deux hommes partirent d'un grand éclat de rire et se séparèrent. Le lendemain, lorsque tous les officiers se furent dispersés après l'audience matinale, le duc invita Kong Ning à comparaître devant lui. Il le remercia de son bon conseil de la veille. Il fit également appeler Yi Hangfu et demanda à ses deux ministres :

— Comment avez-vous pu me laisser si longtemps ignorant de cette affaire plaisante tout en vous en occupant d'abord ?

Comme ils nièrent le fait, le duc poursuivit :

— Je le tiens de l'aimable bouche de la dame, nul besoin de dissimuler !

— Si le prince éprouve un quelconque agrément à un mets, dit Kong Ning, c'est que ses ministres l'ont goûté auparavant. S'ils ne le trouvent pas à leur goût, comment oseraient-ils en faire part au prince ?

— Les paumes d'ours ont, elles aussi, de réputation un goût extraordinaire et cela ne vous a jamais empêché de me les laisser goûter d'abord ! répondit le duc en riant.

Les deux ministres rirent si fort qu'ils ne purent s'arrêter. Le duc reprit :

— Mais elle m'a donné, à moi, quelque chose !

Et il entrouvrit son vêtement de dessus pour leur montrer la chemise de la dame.

— Possédez-vous une chose semblable ?

— Oui, répondit Kong Ning qui souleva son habit et montra l'entrejambe d'un pantalon brodé, n'est-ce pas là aussi un présent de l'aimable dame ? Et Hangfu possède, lui aussi, quelque chose de comparable.

Le duc demanda à Hangfu de quoi il s'agissait, et ce dernier lui montra à son tour ce qu'il avait sur lui. Riant à gorge déployée, le duc leur dit :

— Eh bien, puisque nous possédons tous les trois des pièces à conviction, nous irons ensemble un jour prochain à Zhulin et nous y tiendrons une grande réunion de lit !

Que le prince et ses ministres se divertissent ainsi dans l'enceinte même de la cour, cela eut tôt fait de se savoir en ville. Ulcéré, un ministre probe du nom de Xie Ye dit en serrant les dents :

— La salle d'audience royale est l'endroit où se maintiennent les lois fondamentales de l'Etat. Oser y tenir des paroles aussi inconsidérées et des propos aussi licencieux, mais quelle est donc cette conduite ? Je ne saurais me résoudre à l'anéantissement prochain de notre principauté.

Et le ministre en question se rendit à la cour pour y adresser des remontrances au prince. Mais malheureusement ne dit-on pas souvent :

Depuis l'Antiquité rarement conciliables sont traîtrise et loyauté.
Ah ! éminente vertu de Bigan, n'est-il pas vain de t'évoquer ?[1]

Mais retrouvons à présent le prince et ses deux ministres comme ils se divertissaient ignominieusement à la cour. Ils virent soudain un homme qui s'approchait à la hâte et qui tenait en main une tablette officielle. Ils ouvrirent grands leurs yeux et reconnurent Xie Ye. Kong Ning et Yi Hangfu redoutaient depuis toujours l'intégrité de celui-ci. Quand ils le virent arriver ce jour-là sans qu'il eût été convoqué, ils pensèrent qu'il était venu pour leur adresser des remontrances. Ils prirent alors congé du duc et s'éclipsèrent. Le duc aurait souhaité, lui aussi, quitter son trône, mais Xie Ye le devança ; il le retint par son habit et lui adressa le conseil suivant :

1. Bigan était un des ministres intègres du dernier souverain de la dynastie des Shang, Shu Xin, voir note *5*, chapitre premier. Il fut supplicié par son souverain pour lui avoir adressé des remontrances. C'est effectivement ce qui va arriver à Xie Ye.

— J'ai entendu dire que prince et ministres doivent avoir pour principe de se témoigner mutuellement du respect, et que les hommes et les femmes doivent se tenir à l'écart les uns des autres. Aujourd'hui, prince et ministres étalent leur impudicité et négligent de faire l'éloge les uns des autres ; perdant leur respect mutuel, ils abolissent, par là même, l'écart qu'il sied de maintenir entre les hommes et les femmes. La ruine des convenances sociales est consommée, et avec elle s'ouvre la voie de la destruction du royaume. Prince, vous devez changer cela[2].

Le duc Ling sentit la honte lui monter au visage et il l'approuva en ces termes :

— Vos justes remontrances me font souffrir le déshonneur. Je vais corriger ma conduite.

Xie Ye prit alors congé.

Quand Kong et Yi, qui étaient restés à la porte pour s'enquérir de la situation, virent Xie Ye sortir avec précipitation, l'air furibond, ils filèrent se cacher. Mais Xie Ye les avait aperçus. Il les dénicha et les tança de la manière suivante :

— Quand le prince est vertueux, les ministres doivent le proclamer. Quand le prince n'est pas vertueux, les ministres doivent le cacher. Aujourd'hui, vous deux, ministres sans moralité, avez incité votre prince à la dépravation, vous avez de surcroît divul-

---

2. Les remontrances de Xie Ye figurent presque mots pour mots dans le *Zuochuan,* Couvreur, TT. I, p. 599 ; le texte historique est plus laconique, il poursuit simplement : « Le prince avertit ses deux ministres. Ceux-ci lui demandèrent l'autorisation de mettre à mort Xie Ye. Le prince ne leur défendit pas. En conséquence ils mirent à mort Xie Ye. » Cet événement remonte à l'année 599 avant notre ère.

gué sa conduite dans la salle d'audience royale. Quelle leçon doit-on tirer de cela, serait-ce que vous ne connaissez pas l'opprobre ?

Les deux hommes ne trouvèrent rien à répondre et furent contraints de s'excuser pour que Xie Ye les laisse partir. Après le départ de ce dernier, ils retournèrent voir le duc et lui dirent :

— Les remontrances de Xie Ye signifient, prince, qu'à l'avenir, il vous sera interdit d'aller vous divertir à Zhulin.

— Et vous deux, y retournerez-vous encore ? leur demanda le duc.

— C'est en sa qualité de ministre qu'il vous a parlé ainsi, prince, vos ministres ne sont pas impliqués dans l'affaire et rien ne saurait les en empêcher.

— Je préfère ne pas suivre les conseils de Xie Ye plutôt que de renoncer à ce lieu de délices, affirma le duc avec ardeur.

— Mais, prince, si vous vous rendez de nouveau à Zhulin, il vous sera difficile d'éviter les remontrances de l'opiniâtre Xie Ye.

— Que faire alors pour qu'il ne parle point ?

— Je ne vois qu'un moyen, répondit Kong Ning, l'empêcher d'ouvrir la bouche.

— Comment cela ?

— Kong Ning veut simplement dire que les morts seuls gardent bouche close, dit Yi Hangfu, prince, pourquoi ne pas ordonner de supprimer Xie Ye ? Vous pourriez sans encombre jouir du plaisir jusqu'à la fin de vos jours.

— C'est impossible, répondit le duc.

— Mais si vos ministres mandataient quelqu'un pour lui trancher la tête, qu'en diriez-vous ? suggéra Kong Ning.

— Faites comme bon vous semble.

Les deux hommes sortirent alors du palais pour délibérer. Hangfu déclara :

— Hier a été rendue la sentence d'un procès ; le criminel sera exécuté après l'automne. J'ai vu cet homme terrible et extraordinairement audacieux. S'il nous est possible de le faire gracier et si nous le gratifions en plus de quelques onces d'argent, il sera heureux d'agir pour nous.

— Comment s'appelle cet homme ? demanda Kong Ning.

— Zhang Heiye ou Zhang Nuit-noire, répondit Hangfu, il a été condamné pour avoir pénétré tout seul dans une maison et en avoir tué le gardien qui l'avait surpris. Si nous l'utilisons, je suis certain que nous réussirons.

Le lendemain, Kong et Yi allèrent voir le duc Ling et lui parlèrent du criminel en question.

— Si vous acceptez de le gracier, prince, il pourra à coup sûr aller tuer Xie Ye.

Le duc demeura plongé dans ses réflexions un moment avant de remettre un ordre écrit à Kong Ning signifiant la grâce du criminel. Kong Ning le transmit à Hangfu qui envoya quelqu'un chercher Zhang Nuit-noire. Après avoir instruit sa cause très rapidement, Yi Hangfu ordonna aux personnes de son entourage de se retirer ; resté seul avec Kong Ning, il défit les liens du bandit. Ils l'aidèrent à se tenir debout et lui dirent à l'oreille « ainsi... ainsi... ». Et le lendemain, au cours de l'audience matinale qui rassemblait tous les officiers, Zhang Nuit-noire alla se cacher à l'endroit voulu. Et qu'il s'appliqua ensuite exclusivement à attendre Xie Ye nous ne le mentionnerons même pas. Après l'audience, Xie Ye sortit de l'enceinte du palais. Il sentit soudain la tête lui tourner, ses yeux se révulsèrent et il se mit à trembler.

Il était heureusement accompagné par un serviteur appelé Li le Dévoué ; quand celui-ci vit son maître ainsi il demanda :

— Qu'avez-vous, excellence ?

— Je ne sais pas, répondit Xie Ye.

— Ne se passerait-il pas par hasard quelque chose à la maison ? dit Li le Dévoué l'aidant promptement à monter à cheval.

En chemin, ils virent soudain un homme sortir en courant d'un bosquet de pins. D'une main, il attrapa Xie Ye, l'obligeant à descendre de cheval ; puis il brandit son couteau et l'en frappa. Li le Dévoué lui cria :

— Mais qui es-tu, toi, pour oser commettre une telle forfaiture ? et il se mit à le poursuivre.

Zhang Nuit-noire voyant que Li le Dévoué le rattrapait peu à peu se retourna brusquement et d'un coup de couteau le poussa à terre. Il fut tué sur le coup. Xie Ye voyant Li le Dévoué s'écrouler fut au comble de l'épouvante, « ses âmes spirituelles » s'envolèrent en dehors des nuées. Zhang Nuit-noire revint l'achever et lui trancha la tête qu'il enveloppa dans une pièce d'étoffe. Il serra celle-ci contre sa poitrine et retourna voir Yi Hangfu qui fut si heureux qu'il lui donna cinquante onces d'argent avant de le laisser rentrer chez lui. Seuls Kong Ning et Yi Hangfu étaient au courant, et nul ne soupçonna l'affaire. Ils firent en secret un rapport au duc qui se montra joyeux de la mort de Xie Ye. Et, voyez-vous, tous les habitants de la principauté crurent que le duc était seul responsable de cette mort et ne surent pas qu'elle était l'œuvre de ses ministres. Un chroniqueur fit à Xie Ye l'éloge funèbre que voilà :

Chen est en deuil d'une vertu brillante
Prince et ministres étalent leur impudicité
Epingles, rubans, vêtements de la galante
C'est à Zhulin que la cour s'est déplacée
O éminent et éclatant Xie Ye
Tes paroles justes uniques sous le ciel !
La mort grandit encore ton éminente renommée.
Toi sang du loyal Longfeng[3] *et cœur de Bigan le fidèle.*

Après la mort de Xie Ye, le prince et ses ministres n'avaient plus rien à redouter. Ils cessèrent cependant d'aller ensemble au même moment à Zhulin et s'y rendirent à la dérobée. Mais bientôt, ils reprirent leurs habitudes d'antan. Le duc Ling ne put cependant empêcher les gens du royaume de réciter un poème qui le critiquait en termes voilés :

— *Que faites-vous donc à Zhulin ?*
— *C'est Xia Nan que je vois.*
Je ne suis pas allé à Zhulin,
C'est Xia Nan que je vois.[4]

---

3. Longfeng ou Guan Longfeng était un des ministres intègres du dernier souverain de la dynastie des Xia (2207-1766 avant notre ère) ; ayant conseillé à son roi de ne plus se livrer à la débauche et en particulier d'arrêter de remplir ses étangs de vin, il fut égorgé. Le « sang de Longfeng » fait donc allusion au supplice de ce dernier, comme le « cœur de Bigan » évoque le châtiment de celui-ci auquel on arracha le cœur pour le montrer en exemple au peuple.

4. Ces vers sont empruntés au *Shijing*, livre 111. Le poème poursuit :

On sait que le nom public du fils de dame Xia était Zinan que l'on appelait aussi parfois Xia Nan. Le poète en homme loyal ne prononça pas le nom de dame Xia, mais celui de son fils, Xia Nan.

Le prince et ses deux ministres continuèrent à prendre du plaisir de concert, et si vous ne savez pas encore ce que l'avenir leur réserve, eh bien, prêtez l'oreille aux explications du chapitre qui vient.

J'ai fait conduire mon char et me suis arrêté non loin de Zhulin.

J'ai fait conduire mon char et ai pris le repas du matin à Zhulin.

Dans ce poème, le duc Ling répond par un mensonge à ceux qui l'interrogent sur sa visite à Zhulin, disant qu'il ne va pas voir la mère, dame Xia, mais le fils, Xia Zhengshu. C'est pour ce mensonge qu'on lui prête qu'il est critiqué à mots couverts.

CHAPITRE SIXIÈME

De son propre chef la dame jalouse prend un autre mari
Et la femme libertine combat tous les héros à l'envi.

Apprenez par ailleurs que l'épouse de Yi Hangfu, dame Wu était issue d'une famille de boucher. Si elle possédait une certaine élégance, elle était aussi licencieuse par nature. Ainsi avant son mariage, elle avait eu des relations intimes et fut enceinte ; elle avait alors usé de médecines pour avorter. Ce fait fut connu plus tard de ses parents qui voulurent l'enterrer vivante. Mais sa belle-sœur devait intercéder en sa faveur. Et ce fut bien à propos qu'une entremetteuse proposa à ses parents de la donner en mariage à Yi Hangfu. A l'époque, celui-ci, comme Kong Ning d'ailleurs, n'était qu'un vaurien. Il ne devait se voir conférer le titre de dignitaire que sur l'insistance du duc Ling. Ce furent donc des épousailles sans gloire entre dame Wu et Yi Hangfu. Pendant longtemps, les époux furent aussi unis que « glu et laque ». Le mari témoignait de la bienveillance à son épouse qui l'aimait. Mais plus tard, dame Wu devait voir son mari s'irriter souvent et même pendant la nuit perdre sa semence. Il faut ajouter aussi qu'elle avait entendu parler de la liaison qu'il entretenait avec dame Xia. Elle lui dit alors, le visage enfoui dans sa manche et en pleurant de douleur :

— Maudit sois-tu qui fréquentes cette femme débauchée et qui oublies ta vieille épouse. Tu vas m'écrire une lettre de séparation [1], tu épouseras cette vicieuse et moi je prendrai un autre mari.

Hangfu lui dit avec empressement :

— Cesse de pleurer. Si je te disais que dorénavant je n'irai plus la voir.

— Je ne pourrais le croire, répondit-elle, que si tu fais un serment au ciel.

Hangfu fit le serment suivant :

— Si je retourne chez dame Xia, que je sois après ma mort emmené dans l'autre monde par un diable géant et que pendant dix mille générations, je ne renaisse pas sous une forme humaine. Et qu'alors à son gré mon épouse soit donnée en mariage à un autre que moi.

— Puisque tu parais sincère, dit sa femme, eh bien, je ne te battrai pas, et elle reposa le bâton doublé d'une barre de fer dont elle allait se servir pour le corriger.

Nous savons que plus tard, Yi Hangfu et ses deux compagnons de débauche continuèrent de se réunir chez dame Xia. Surpris un jour par le fils de cette dernière, le dénommé Zhengshu, il advint que le duc Ling fut tué et que ses deux ministres durent s'exiler dans le royaume de Chu. Quand, peu de temps après, ils revinrent à Chen, ils furent harcelés

1. Lettre de séparation, *xiushu*, cette lettre permettait de rendre la liberté à son épouse en annulant le mariage à l'amiable.

par les fantômes de Zhengshu et de Xie Ye, et en moururent. Et ce fut donc à cause de ce serment qu'ils encoururent aux enfers des peines terribles. Mais ne parlons pas encore de ce qui se passa alors.

En fait, Yi Hangfu n'avait parlé ainsi à son épouse que pour mieux la tromper. Dès qu'il fut guéri de ses émissions nocturnes involontaires, il reprit ses habitudes anciennes et retourna chaque jour chez dame Xia où de mille manières il se complaisait dans la luxure. Et quand il rentrait chez lui, il disait que des affaires le retenaient à la cour. Cependant, son épouse était restée soupçonneuse. Un jour même, elle « mit à la question » un petit valet qu'elle avait chargé de la surveillance de son mari.

— Occupé par les affaires d'Etat, répondit-il, votre époux a simplement passé quelques nuits au palais.

La femme de Hangfu entra dans une violente colère et lui dit :

— Je suppose que tu ne veux pas me dire la vérité !

Elle appela alors sa servante pour que cette dernière lui amène une latte de bambou et en appliqua vingt coups au petit valet ; celui-ci espérant lui prouver la véracité de ses dires et éviter les coups lui avait parlé des affaires de la cour. Mais comme dame Wu ne consentait toujours pas à le croire et qu'elle lui donna derechef vingt coups, il avoua finalement que Hangfu en fait avait souvent à faire à Zhulin. Dame Wu ordonna alors à sa servante d'aller chercher une corde pour l'attacher et attendit le retour de son époux pour les confronter.

Quand son mari rentra ce soir-là, de chez dame Xia bien évidemment, elle allait lui demander quelles étaient les affaires qui l'avaient retenu si longtemps, mais elle n'en fit rien. Même s'il craignait, en son for intérieur, les soupçons de son épouse, Yi Hangfu était devenu, peu à peu, indifférent. Lorsqu'il rentra ce jour-là, non seulement il ne fit pas attention à elle, mais alla se coucher tout seul. Terriblement accablée, elle se dit avec colère : « L'homme qui cueille la fleur des champs délaisse la fleur de son jardin ! C'est à cause de cette aventure galante qu'il m'ignore. Je vais attendre son réveil pour l'interroger et voir comment il va réagir. » Au milieu de cette nuit-là, Hangfu se réveilla soudain demandant qu'on lui apporte du thé. Dame Wu appela la servante pour que celle-ci se lève et fasse chauffer de l'eau.

— J'ai vraiment trop soif, dit Hangfu, il est inutile de faire bouillir de l'eau. Apportez-moi de l'eau fraîche, ce sera plus simple.

La servante lui apporta un bol d'eau fraîche avec empressement ; Hangfu le vida d'un trait. De fait, ce jour-là, il avait eu des relations avec dame Xia ; mais rentré ivre chez lui, il avait tout oublié.

A peine avait-il bu que ses viscères se bloquèrent et qu'il ressentit instantanément une violente douleur au ventre. Ses yeux révulsés changèrent de couleur, et il se mit à se frapper la tête du front en se roulant de douleur.

— Mais qu'as-tu donc ? lui demanda sa femme.

— J'ai terriblement mal au ventre, répondit-il, viens vite m'aider.

— Et avec qui donc as-tu conclu affaire aussi déshonorante ? Et en plus, tu m'appelles pour que je t'aide !

Simulant le sommeil, elle le laissa crier sans faire

le moins du monde attention à lui. Mais la servante qui l'entendait crier ainsi dit avec précipitation à sa maîtresse :

— Même si mon maître a eu des affaires à l'extérieur, on ne peut pas le laisser souffrir ainsi. Comment ne pas secourir celui dont la vie est en danger !

Dame Wu pensa alors que sa servante avait raison et lui demanda de procéder de la manière suivante :

— Tu vas te saisir de son muscle et le tenir en mordant jusqu'à ce qu'il sue si fort qu'il soit guéri.

La servante, à vrai dire, avait été autrefois victime des ardeurs de Yi Hangfu ; obéissant à sa maîtresse elle monta sur le lit et lui maintint le muscle en mordant sans lâcher. Puis dame Wu se leva, elle vit qu'en effet, Hangfu était dans un état critique et qu'il suait abondamment. Mais la douleur disparut bientôt de son ventre, et il s'endormit en ronflant. Le lendemain, dame Wu se leva, fit sa toilette et ferma la porte de la chambre. Elle prit un bâton et soulevant les couvertures elle demanda à son mari :

— Tu étais donc dehors. Avec quelle débauchée as-tu encore eu des rapports ? Parle vite et tu t'éviteras le bâton.

Le réveil fut si soudain que Hangfu ne put trouver une excuse sur l'instant. Il se tint coi. Un moment passa et comme il ne disait toujours rien, elle reprit :

— Bien, tu étais chez dame Xia et ne dis pas que je ne le sais pas !

— Je t'ai fait un serment, répondit-il enfin, comment aurais-je pu y retourner ?

— J'ai ici un témoin, dit-elle, envoyant quelqu'un chercher le petit valet.

Dès qu'il vit ce dernier arriver, Hangfu se sut trahi et il se demanda ce qu'il avait bien pu dire. Sa femme lui raconta alors ce que le valet lui avait avoué lorsqu'elle l'avait interrogé.

— Il n'a pas reçu assez de coups, dit Hangfu, pour mentir à ce point. Ne l'écoute pas.

Mais dame Wu refusa de le croire et lui dit :

— Je me moque parfaitement que tu y sois ou non allé. Tu vas m'écrire un certificat de séparation pour que je puisse trouver un mari plus convenable.

Hangfu hésitait et n'osait y consentir. Sa femme cria, hurla et tempêta dans un vacarme toujours plus assourdissant. Hangfu ne put faire autrement. Contraint et forcé, il écrivit le certificat et le tendit à sa femme :

— Lis-le-moi, dit-elle.

— Moi, Yi Hangfu, ai établi cet acte parce que mon épouse et moi-même ne vivons plus en bonne harmonie. Mon épouse souhaite vivement que je me sépare d'elle. Hangfu prendra une autre épouse et elle un autre mari, et jamais il n'y aura de part et d'autre de paroles de repentir. Cet acte en fait foi.

La lecture terminée, la dame Wu prit l'acte pour y jeter un coup d'œil.

— Mais il n'y a pas de sceau, dit-elle, comment serait-il authentifié ?

Hangfu apposa donc son sceau sur le certificat. Dès qu'elle l'eut reçu, sa femme l'enferma dans une mallette et se prépara à rentrer dans sa famille. Hangfu fut chagriné à l'idée de la voir, de ses propres yeux, s'en aller. Mais elle, de son côté, ne devait pas manifester le moins du monde le désir de demeurer auprès de lui.

Au bout d'une journée d'un voyage harassant, elle arriva péniblement chez elle. Ses parents lui donnèrent un nouvel époux qui était charpentier. Mais comme son yang était vraiment trop petit, elle eut des relations intimes avec un autre charpentier, camarade de celui-ci. Il s'appelait Qie Bao ou Rustaud le Préservé. Son membre viril avait plus de neuf pouces de long ; il n'avait pas encore pris femme et quand il palpa sa partenaire, il ne savait pas au juste s'il faisait bien ou mal. Il fit mal en l'occurrence la prenant de toutes ses forces. Dame Wu fut victime d'une grave hémorragie ; le sang remplit les couvertures, elle s'évanouit et mourut.

Mais de tout cela nul besoin d'en dire plus. Inutile de préciser aussi que depuis qu'il était séparé de sa femme, Hangfu retrouvait chaque jour Kong Ning et qu'ils entraînaient le duc Ling chez dame Xia pour y goûter de luxurieux plaisirs. La dame était vraiment d'un naturel libidineux à l'extrême, et un seul partenaire ne la satisfaisait plus. Un jour qu'ils étaient là tous les trois à boire, elle leur dit :

— Voilà qu'au grand jour, mon cœur s'agite de “pensées printanières”, quel sera l'amant galant qui me réjouira ?

A ces mots, les trois hommes se prirent de querelle, et la dame leur dit en riant :

— A quoi bon se conduire ainsi ? En tant que membres de la même famille, ne pourrions-nous pas être heureux tous les quatre ensemble ?

Ils acceptèrent. Et c'est ainsi qu'en plein jour, ils défirent leurs vêtements et se retrouvèrent complètement nus. Ils fermèrent la porte. La dame s'allongea sur le lit, et ce fut le duc Ling qui, le premier, grimpa sur le lit, la prit par la taille et envoya d'un coup son membre viril juste dans la porte de sa vallée. Le membre de jade pénétra bien droit. Le duc effectua entrées et sorties avec force bruit. Yi Hangfu les regardait avec impatience. Il lui sembla entendre Fleur de Lotus qui riait à l'extérieur. Aussi ouvrit-il la porte. C'était bien elle en effet. Elle voulut s'échapper mais il la prit par la taille et la tenant par-derrière, il ouvrit son pantalon. Comme il se mettait à s'activer à la manière « du feu qui prend de l'autre côté de la montagne », il entendit le duc Ling dire :

— Venez vite, mes amis, j'ai émis ma semence trop tôt !

Yi Hangfu lâcha alors Fleur de Lotus car il désirait la dame Xia. Mais n'est-il pas vrai « qu'il faut se lever dès le milieu de la nuit pour être le premier qui agit » ? Il fut devancé par Kong Ning, lequel, la lance dressée, chevaucha la dame. La bouche contre ses joues parfumées, il lui susurrait des « chérie, chérie » ; puis il se mit à tirer et à pousser, et ils s'agitèrent sans retenue se donnant du plaisir pendant un bon moment en séparant plus les victoires des défaites. Yi Hangfu, avec une impatience mal contenue, souleva Kong Ning d'une main et le fit descendre. Puis il se retourna et grimpa sur elle à son tour. Le bruit du va-et-vient était bien plus grand que précédemment, d'une part parce que le membre viril de Hangfu était beaucoup plus imposant que celui de ses compagnons et parce que, d'autre part, il avait absorbé des « substances printanières » qui l'aidaient au combat. Alors, déployant largement les étendards et frappant vivement du tambour, il cogna et heurta provoquant un plaisir tel à dame Xia que celle-ci ne cessait de dire mot galant sur mot galant et répétait à l'envi : « mon chéri, mon chéri ». Hangfu la pria alors de le chevaucher à son tour pour jouer à « la lampe où l'huile se renverse ».

Comme ils prenaient ainsi du plaisir d'une manière vraiment très bruyante, Kong Ning renversa la dame et la chevaucha dans un grand fracas. Le voyant agir ainsi, Yi Hangfu s'habilla promptement et s'en fut. Kong Ning ne fit pas le moins du monde attention à lui pour finalement combattre seul une bonne partie du jour. Et ce ne fut qu'au moment où l'on vint allumer les lampes qu'il émit sa semence. Lui et le duc Ling se vêtirent et s'en allèrent.

Et si vous désirez savoir ce qui devait se passer après le départ précipité de Yi Hangfu, eh bien, vous prêterez l'oreille aux explications du chapitre qui vient et vous le comprendrez aisément.

CHAPITRE SEPTIÈME

Zhulin est occupé par le seul Yi Hangfu
Le duc Ling subit la colère de Xia Zhengshu

Après le départ du duc Ling et de Kong Ning, dame Xia pensa : « Comme Yi Hangfu est parti vite ! Et s'il était fâché contre moi ? Ne devrais-je pas profiter de ce que les autres sont partis pour le recevoir cette nuit et me réjouir seule avec lui ? Hum ! l'excellente idée ! » Elle ordonna alors à Fleur de Lotus d'aller le chercher au beau milieu de la nuit. Yi Hangfu, depuis que Kong Ning l'avait poussé à « descendre de cheval », était plongé dans une tristesse accablante. De retour chez lui, il se disposait à prendre du repos quand il entendit soudain quelqu'un l'appeler à la porte. Il ouvrit précipitamment et vit que c'était Fleur de Lotus. Il l'attira à lui et la baisa sur la bouche :

— Mon aimée, quelle est la raison qui t'amène à cette heure avancée de la nuit ?

— Le duc et Kong Ning sont partis tous les deux, répondit-elle, ma maîtresse m'envoie vous chercher. Allez-vous accepter son invitation ?

Yi Hangfu l'embrassa derechef en disant :

— Aimée, comme ta maîtresse connaît bien mon cœur !

— Le cœur de ma maîtresse est surtout impatient de vous voir arriver sous peu, repartit la servante.

Yi Hangfu troqua alors ses vêtements pour un habit bleu et une petite coiffe, et il se rendit à Zhulin en compagnie de Fleur de Lotus. La dame était assise dans le pavillon aux broderies, et lorsqu'elle le vit arriver elle fut aussi contente que si elle avait possédé un fabuleux trésor. Elle demanda à Fleur de Lotus de disposer rapidement mets et alcool. Et elle se mit à boire avec Hangfu.

— Vous savez, tout à l'heure, Kong Ning m'a obligée à me renverser et ne m'a pas laissé le temps de vous faire atteindre le plaisir. Je m'en suis alarmée, aussi vous ai-je fait quérir.

— Ce goujat de Kong Ning est si égoïste, répondit-il, qu'il est bien incapable de partager son plaisir. Cet homme de peu est vraiment de ceux qui interrompent les lignées ! L'affaire ne vous concerne pas, madame, pourquoi vous en alarmer ? Nous attendrons désormais que les deux autres soient partis pour nous réjouir.

Comme ils parlaient, les plats avaient déjà été apportés de la cuisine, et ils se restaurèrent en prévision de la bataille. Ils fermèrent ensuite soigneusement la porte du pavillon, ôtèrent leurs habits et se trouvèrent bientôt dévêtus de la tête aux pieds. Fleur de Lotus quitta à son tour ses vêtements, et ils s'assirent tous les trois sur le lit pour boire du vin. Hangfu dit alors :

— Je ne vous dirai pas l'ennui qu'il y a pour un homme à tenir cette coupe de vin dans le creux de sa main. Ne vaudrait-il pas mieux la mettre en un autre endroit et baisser la tête pour la boire ? Ou bien est-ce là chose trop difficile ?

Dame Xia se coucha alors sur le dos et leva haut très haut les jambes. Hangfu prit une coupe qu'il déposa à l'entrée de la vallée. Fleur de Lotus fut priée de remplir la coupe, et Hangfu y but à même la bouche. La capacité à boire de ce dernier était si grande qu'il lui fallut au moins dix coupes pour qu'il commençât à se faire une petite idée du vin. Enlevant ensuite la coupe, il excita du doigt « le cœur de la fleur » de la dame dont la vallée était aussi resserrée qu'à l'accoutumée. Le moindre doigt qui s'y enfonçait était aussitôt englouti. Hangfu l'excita ainsi encore un moment. Son membre viril se dressa solide et raide. Il sortit alors de la ceinture de son habit un paquet qui contenait ses instruments de plaisir. Il prit tout d'abord un objet de forme circulaire appelé « anneau pour cadenasser le yang » qu'il plaça sur la racine de son membre de jade. Il sortit ensuite une pilule aphrodisiaque connue sous le nom de « pilule pour agrandir le yang et faire durer longtemps la bataille », et puis finalement une chose de quatre ou cinq pouces de long en tous points semblables à un membre viril nommée « aine de Canton » qu'il tendit à Fleur de Lotus :

— Pendant que nous serons affairés, ta maîtresse et moi, tu vas certainement t'ennuyer un peu, prends donc cet objet pour te passer le temps !

— Et comment s'en sert-on ? demanda Fleur de Lotus.

— Il faut le laisser tremper dans de l'eau chaude et il deviendra dur.

Fleur de Lotus s'exécuta, et la chose devint aussi ferme qu'un membre de jade. Elle la ficha dans l'entrée de sa vallée et d'un seul coup l'y fit pénétrer.

— Et après, comment la sortir ?

— Ce n'est certes pas comme cela qu'il faut s'en servir ! lui répondit Hangfu en riant. Tu vas attacher le lien rouge qui se trouve dans la partie supérieure sur ta jambe et effectuer des va-et-vient. Ça ira bien mieux !

Et c'est ce qu'elle fit. Lorsqu'elle appuyait vers le bas elle la faisait entrer et lorsqu'elle soulevait vers le haut, elle la faisait sortir. Et tirant et poussant de cette manière, elle ressentait un véritable plaisir. Voyant qu'elle s'affairait d'une manière sûre et correcte, Hangfu avala finalement la pilule aphrodisiaque, et son yang apparut soudain doué d'une force nouvelle, les veines se dilatèrent et il grandit d'un pouce. Il grossit également d'une manière non moins spectaculaire. Dame Xia allongée sur le dos plaça ses jambes écartées sur la balustrade du lit et Yi Hangfu plaça les siennes entre. Il visa l'intérieur de la fente et donnant un coup, il ne réussit à y faire pénétrer que la moitié de la « tête de sa tortue ». Il poussa derechef et voilà que plus il envoyait et moins il pouvait bouger. La dame lui demanda alors :

— Comment se fait-il que tu ne puisses même pas entrer ?

— C'est trop resserré, lui répondit-il.

— Demande à Fleur de Lotus de t'aider, lui dit-elle, avec la force de deux personnes tu ne pourras pas ne pas entrer !

Et en effet, Fleur de Lotus se plaçant derrière lui, ils se mirent à pousser tous les deux ensemble avec force, s'encourageant avec des « aie, aie, ya, ya » jusqu'à ce que finalement son membre soit englouti jusqu'à la racine. Hangfu sentit alors la chaleur brûlante de cette vallée où il n'y avait pas le moindre interstice. Merveille que ne peuvent dire les mots ! Il demeurait là sans consentir à s'activer le moins du monde.

— Dépêche-toi de tirer et de pousser un peu, lui dit la dame, ça me démange !

Hangfu s'exécuta et, soulevant son membre de jade, tira quelques coups, puis à nouveau s'arrêta. Le voyant aussi insupportable, la dame mit en œuvre son énergie, imprimant un mouvement montant et descendant à sa vallée. Les deux partenaires ne bougeaient pas, et cependant, le membre de jade frottait à gauche et secouait à droite comme dans le va-et-vient habituel. Ils prirent du plaisir un moment. Bien qu'il n'ait pas encore émis sa semence, Hangfu se sentait complètement épuisé. Comme il allait se retirer, la dame le serra avec force et l'en empêcha. Cette énergie l'aida à se dresser d'un coup vers l'intérieur, et son membre de jade se mit à bondir tout seul comme avant.

Ils s'activèrent un moment encore, et Hangfu dit :

— Je n'en peux plus. Je suis complètement endolori.

La dame descendit alors ses jambes et relâcha son énergie. Hangfu se retira. Et après un temps de repos, la porte de cette vallée était aussi resserrée qu'auparavant. Peu de temps après, le feu du désir embrasa à nouveau Yi Hangfu qui la pénétra, fichant sa lance bien droite. Et comme la dame relâchait son souffle, la porte de sa vallée s'élargit, et à son gré, Hangfu put effectuer des va-et-vient. Ils arrivèrent ainsi au moment le plus animé. De son côté, Fleur de Lotus avait senti un feu terrible la brûler, aussi avait-elle tiré et poussé de toutes ses forces et sans discontinuer sur l'« aine de Canton » ; et sans doute fut-ce là sa malchance, elle l'avait trop serrée. On entendit soudain un bruit. Le lien s'était coupé et la chose était partie à l'intérieur ! De l'extérieur, en effet, on n'en voyait plus trace. Les mains et les pieds de Fleur de Lotus devinrent de glace, et ses yeux ne cessaient de tournoyer. En la voyant ainsi, Hangfu dit :

— Ceci ne me dit rien qui vaille ! Elle a cassé le lien.

Retirant son membre de jade, il descendit du lit avec précipitation pour secourir Fleur de Lotus. La soulevant, il pria dame Xia de l'aider à retrouver la chose. La dame chercha un moment et ne put la sortir. Et ce fut encore Hangfu qui, appuyant la main sur le petit ventre de Fleur de Lotus, poussa vers le bas et finalement la sortit. La servante revint peu à peu à elle tandis que Hangfu prenait à nouveau du plaisir avec dame Xia. Et il fallut attendre que le soleil soit déjà haut dans le ciel pour qu'ils cessent de combattre. Ils se séparèrent enfin.

Revenons à présent à Xia Zhengshu, le fils de dame Xia qui, pendant tout ce temps-là, avait insensiblement grandi et était devenu adulte. Quand il se rendit compte des agissements de sa mère, ce fut comme si des couteaux lui tailladaient le cœur. Comme de plus sa simple présence gênait le prince de Chen, il ne savait vraiment plus comment se tenir. Chaque fois que le prince se rendait à Zhulin, il s'absentait sous un prétexte quelconque évitant de se présenter devant son souverain pour garder ses yeux purs de toutes ces vilenies. Ah ! comme tout eût été mieux pour ces vicieux si Zhengshu n'avait pas existé !

Mais Zhengshu avait à présent dix-huit ans. De noble prestance, il excellait dans le tir à l'arc. Voulant réjouir le cœur de sa mère, le duc Ling le nomma *sima* ou ministre de la Guerre. Après avoir remercié le duc, Zhengshu s'en retourna à Zhulin où il vit sa mère. Il se prosterna devant elle et l'écouta :

— Tu as, lui disait-elle, obtenu cette charge par la faveur du prince. Sache la respecter et l'exercer dans la bienséance afin d'écarter les malheurs de ta principauté. Il n'est pas utile par ailleurs que tu te préoccupes des affaires de ta maison.

Suivant les injonctions de sa mère, Zhengshu se rendit au palais pour y régler ses affaires. Un jour que le duc Ling, Kong Ning et Yi Hangfu s'étaient à nouveau rendus à Zhulin pour s'y distraire, Zhengshu décida de rentrer chez lui ; il fit disposer des nattes pour honorer le duc par un banquet. Comme son fils se trouvait là, dame Xia n'osa pas sortir tenir compagnie aux trois compères qui, après quelques verres de vin, se mirent à plaisanter de la façon la plus bête qui soit, dansant des mains et trépignant des pieds. Zhengshu qui éprouvait une terrible répulsion à les voir agir ainsi se retira derrière un paravent et s'y tint caché pour les écouter. Le duc Ling disait à Hangfu :

— Zhengshu a fière allure. Il te ressemble un peu. Ne serais-tu point son père ?

— Vous êtes tous les deux trop jeunes pour être son père, déclara Kong Ning, ses pères présomptifs sont si nombreux que le dignitaire Xia lui-même ne se souvient même plus de qui il est le fils !

Les trois hommes éclatèrent de rire en battant des mains. En les entendant parler ainsi, Zhengshu sentit la honte et le dégoût monter en son cœur. Il ne put contenir sa colère. N'est-il pas vrai que « si la véritable colère monte du cœur, la haine s'échappe de la vésicule »[1] ? Il enferma en secret sa mère dans ses appartements et sortit de la résidence par une porte dérobée. Il donna l'ordre aux soldats de sa suite d'encercler les appartements privés et d'y retenir le duc de Cheng, Kong et Yi. La résidence fut encerclée par la masse compacte des soldats tandis que Zhengshu revêtu de sa cuirasse et tenant en main une dague effilée entraînait ses braves et leur commanda d'une voix forte :

— Attrapez ces bandits obscènes !

Le duc Ling était encore là à rire et à boire du vin en dépit du bon sens. Kong Ning lui dit soudain :

— Maître, ceci ne me dit rien qui vaille, Zhengshu n'était pas animé de bonnes intentions quand il vous a invité à ce banquet ; le voilà qui dirige à présent ses soldats contre nous. Il vient de leur commander de nous arrêter. Filons au plus vite, prince !

— La porte de devant est encerclée, dit alors Hangfu, il nous faut nous enfuir par celle de derrière.

Le duc Ling courut alors vers l'arrière de la résidence avec l'espoir d'entrer se réfugier auprès de dame Xia dans les appartements privés. Mais la porte en était fermée à clé. Complètement désemparé, il se précipita vers le bois. Il se souvenait en effet que du côté est près des écuries, il y avait un petit mur que l'on pouvait aisément franchir. Comme il y courait, Zhengshu lui cria :

---

1. Dans la conception chinoise, la vésicule biliaire *(dan)* est le siège de la détermination et de la décision. Elle monte et grossit en cas de colère.

— Ne fuyez pas, prince insensé !

Et il lui décocha une flèche qui n'atteignit pas son but. Le duc, de plus en plus désemparé, ne pouvait plus avancer. Zhengshu se rapprochait toujours plus et lui décocha une seconde flèche [2].

Et si vous ne savez pas encore quel fut le destin du duc Ling, eh bien, prêtez l'oreille aux explications du chapitre qui vient.

---

2. Cet épisode qui débute avec la plaisanterie au sujet des pères présumés de Xia Zhengshu et se poursuit par la colère de ce dernier qui tue le duc Ling se passa au cours du cinquième mois de l'année 598 avant notre ère. TT. vol. I, p. 601-602.

CHAPITRE HUITIÈME

Le ministre à la parole sagace contrecarre un ami et dissimule ses intentions
Le roi Zhuang de Chu redonne à Chen l'investiture sur une juste exhortation.

De fait, la flèche de Zhengshu avait atteint le duc Ling en plein cœur. Il poussa un grand cri en tombant par terre. Ses yeux se fermèrent et il mourut. Kong et Yi avaient vu le duc se diriger vers l'est ; ils savaient que Zhengshu ne manquerait pas de le rattraper, aussi coururent-ils vers l'ouest cherchant à atteindre les champs de chasse et le potager. Zhengshu, comme on l'a vu, avait donc rattrapé le duc Ling, et les deux hommes de leur côté durent s'enfuir par un de ces trous des murs réservés au passage des chiens. Et les mains vides ils allèrent se réfugier dans le royaume de Chu [1].

Après avoir tué le prince de Chen, Zhengshu s'en retourna en ville suivi de ses hommes d'armes. Il devait alléguer que le duc, pris de boisson, était tombé subitement malade et qu'il en était mort. Or, le duc Ling avait désigné son fils Wu pour lui suc-

1. Ceci est confirmé par le *Zuochuan,* TT. vol. 1, p. 602 ; les deux dignitaires allèrent en effet se réfugier dans le royaume voisin de Chu.

céder sur le trône de Chen. Ce dernier qui prit le nom de duc Cheng haïssait profondément Zhengshu. Il ne put cependant rien entreprendre contre lui tant la puissance de Zhengshu était grande. Zhengshu craignait pour sa part que les autres Etats n'en profitent pour envahir la principauté, aussi contraignit-il le duc Cheng à se rendre à Jin pour y sceller alliance. Mais laissons là Zhengshu et son nouveau souverain pour parler du royaume de Chu qui venait d'envoyer à Chen un ambassadeur avec mission de faire un pacte avec le prince de Chen à Chenling[2]. Quand l'ambassadeur entendit parler des troubles qui agitaient Chen, il s'en revint dans son royaume. On peut dire que Kong Ning et Yi Hangfu s'étaient à point nommé réfugiés à Chu. Ils eurent une entrevue avec le prince et lui cachant la nature licencieuse des troubles en question lui dirent que Xia Zhengshu s'était rebellé et avait tué le prince de Chen. Ce qui concordait parfaitement avec le rapport du diplomate. Le prince de Chu réunit ensuite ses ministres pour délibérer de la situation. Il y avait parmi ceux-ci un noble dignitaire du clan Qu, fils de Qu Dang, appelé Wu et dont le nom public était Ziling[3]. Cet homme aux manières distinguées avait

---

2. Chenling est le nom de la ville où devait se signer un peu plus tard un traité qui signifia la soumission de la principauté de Zheng au royaume de Jin.

3. Qu Wu est un personnage historique qui joua un rôle très important dans la politique d'alors. Au début du VIe siècle, en effet, les royaumes de Chu et de Jin ne pouvant se départager dans leur conquête du pouvoir, ce fut Qu Wu qui précipita la fin de Chu en se réfugiant à Jin après son mariage avec la dame Xia, voir H. Maspéro, *La Chine antique,* P.U.F., 1965, p. 280 sq. Par contre, la connaissance de l'art de la chambre à coucher que lui prête l'auteur est une pure fiction.

tous les talents des lettres et des armes. Il n'avait qu'un défaut, son amour immodéré des femmes. Il s'appliquait tout particulièrement à l'art de la chambre à coucher prôné par Pengzu [4]. De nombreuses années auparavant, il avait été envoyé à Chen en mission et avait entraperçu le visage de dame Xia. Il avait aussi entendu parler de son habileté dans l'art de « cueillir les fruits de la bataille » et, la désirant ardemment, il devait tout mettre en œuvre pour la conquérir. Le fait que Zhengshu, le fils de la dame en question, venait de tuer son prince le servait dans son entreprise. Il encouragea fortement son souverain, le prince de Chu, à lever son armée contre Chen. Et c'est ainsi que Zhuang de Chu fit à Chen la déclaration suivante :

— Moi, roi de Chu, vous notifie : Zhengshu du clan Shaoxi a tué votre prince. Les divinités et les hommes éprouvent à son égard un grave ressentiment. Votre royaume étant incapable de punir le coupable, nous allons donc le châtier à votre place. Le crime est uniquement sien. Que les ministres et le peuple demeurent silencieux et ne causent aucun trouble.

La missive fut donc envoyée à Chen. Quand les habitants de la principauté en prirent connaissance, ils imputèrent la faute à Zhengshu. Ils espéraient par ailleurs que l'armée de Chu les aiderait à le chasser. Ce qui explique pourquoi ils ne s'opposèrent pas à cette intervention. Le roi Zhuang de Chu

4. Pengzu. Sur ce personnage immémorial et mythique – il fut à l'âge de huit cents ans honoré dans la ville de Peng et nommé alors Pengzu, « l'ancêtre de Peng » – et sur le manuel de sexe que l'on devait lui attribuer, voir van Gulik, *Vie sexuelle,* p. 132-133.

en personne conduisait ses six armées avec à leur tête les princes Yingqi, Ce, les dignitaires Qu Wu et Lianyin Xianglao et les autres grands généraux. Aussi rapide que les nuages chassés par le vent, l'armée atteignit directement la principauté de Chen et passa ses frontières avec une facilité déconcertante. Et ce qui devait extrêmement réconforter les habitants de Chen, c'est qu'elle ne commit aucune exaction. Sachant que la haine s'était répandue parmi le peuple, Zhengshu s'était réfugié à Zhulin. On sait qu'à ce moment-là, le prince Cheng de Chen qui s'était rendu au royaume de Jin sur les injonctions de Zhengshu n'était pas encore de retour. Et ce fut le haut dignitaire Yuan Po qui devait donner ordre à son fils Qiao Ru de rassembler ses soldats pour se rendre à Zhulin et y capturer Zhengshu. Mais Qiao Ru ne s'était pas encore mis en route que l'armée de Chu avait déjà conquis la principauté.

On a vu que le peuple de Chen était alors partisan d'ouvrir les portes de la cité au roi de Chu, aussi ce dernier entra-t-il en ville sans coup férir. Tous les généraux de Chen et parmi eux Yuan Po se pressèrent devant lui. Le roi de Chu leur demanda où se trouvait Zhengshu, et Yuan Po répondit qu'il s'était réfugié à Zhulin.

— Comment pouvez-vous tolérer un tel rebelle ! s'exclama le roi de Chu.

— Nos faibles forces ne nous permettent pas de le châtier, répondit Yuan Po.

Le roi ordonna alors à Yuan Po de diriger son armée vers Zhulin et ne laissa que celle du prince Yingqi en cantonnement dans la ville.

Les soldats de Chen n'osant pas désobéir aux

ordres de l'armée de Chu, Zhulin fut encerclé et Zhengshu fait prisonnier. Le roi de Chu donna l'ordre de le tenir enfermé dans un char à l'arrière et demanda pourquoi on ne voyait pas la dame Xia. Il envoya un officier et des soldats la chercher dans la résidence. Si Fleur de Lotus s'était enfuie, Dieu seul sait où, dame Xia était là. Quand on l'amena devant le roi, elle fit une salutation et dit :

— Le malheur est sur moi, mon pays est en proie aux troubles et ma famille ruinée. Ma destinée est entre vos mains, ô grand roi. Si vous me faites grâce de m'accorder la vie, je consens à vous servir comme esclave.

Après avoir ainsi parlé, la ravissante dame parut encore plus distinguée. Dès qu'il l'avait vue, le roi de Chu avait eu le cœur troublé et, c'est pourquoi il devait s'adresser à ses généraux en ces termes :

— Votre roi possède de nombreuses concubines mais il est rare de rencontrer une pareille beauté. J'ai l'intention de la recevoir dans mes palais. Qu'en pensez-vous ?

— C'est impossible, prince, tout à fait impossible, allégua le dénommé Qu Wu. Je vous ai demandé d'envoyer votre armée à Chen pour châtier un coupable. Si vous accueillez la dame Xia, c'est à cause de sa beauté. Châtier un crime est justice, convoiter la beauté est luxure. Prôner la justice pour ensuite encourager la licence, prince, cette conduite n'est pas digne de vous.

— Qu Wu a parlé en toute équité, répondit le roi, je ne peux donc pas la recevoir. Mais comment la mettre en lieu sûr ?

A ce moment-là, le prince Ce qui se trouvait à ses côtés et qui lui aussi désirait la dame Xia s'agenouilla et adressa à son souverain la prière suivante :

— Votre ministre est dans le milieu de son âge et n'a pas encore pris femme. Je vous prie instamment, Majesté, de me faire la grâce de me la donner pour épouse.

Mais de nouveau Qu Wu devait exhorter le roi en répondant :

— Vous ne pouvez pas accepter cela, Majesté.

Le prince Ce se mit alors en colère :

— Et pour quelle raison Qu Wu ne me permet-il pas de prendre la dame Xia pour épouse ?

— Il n'est, répondit Qu Wu, entre le ciel et la terre d'être de plus funeste augure que cette dame. Je sais qu'elle est la cause de la mort de Zi Man, de l'assassinat du duc Ling et qu'à cause d'elle le malheur frappa Xie Ye. La principauté de Chen est en proie à de grands troubles tous occasionnés par elle. Je vous le répète, il n'est d'être de plus mauvais augure que cette personne. Sous le ciel, les beautés sont légion, pourquoi prendre nécessairement pour épouse cet objet de luxure qui ne saura plus tard que vous accabler de remords ?

— Qu Wu a parlé en toute équité, dit le roi de Chu.

— Puisqu'il en est ainsi, répondit le prince Ce, je ne la prendrai pas non plus pour épouse. Une chose seulement, Qu Wu a dit que le roi ne pouvait la recevoir et que je ne pouvais l'épouser. Ne serait-ce pas par hasard que Qu Wu la veut aussi ?

— Comment oserais-je avoir un tel désir, répondit Qu Wu avec précipitation.

— Si un objet n'a pas de propriétaire, poursuivit le roi, tout le monde se le dispute. J'ai entendu dire que Lianyin Xianglao a perdu son épouse récemment. Je vais lui donner la dame Xia en mariage.

Xianglao commandait alors l'arrière-garde ; le roi le fit appeler et lui donna la dame. Le prince Ce dit alors :

— S'il en est ainsi, eh bien, tant pis !

Il n'y avait que Qu Wu pour penser à part lui : « Quel dommage ! quel dommage ! Une femme si galante ! Comment ce vieux pourra-t-il être à la hauteur ? Il est à parier que d'ici moins de six mois ou un an, elle sera veuve à nouveau, je m'arrangerai alors pour en faire ma femme. » Mais laissons là Qu Wu à ses pensées.

Le roi de Chu devait passer la nuit à Zhulin et retourner le lendemain à la capitale. Il fit sortir Zhengshu de sa prison et donna ordre de le faire écarteler. Pour consigner ces événements, un archiviste écrivit le poème suivant :

Le prince de Chen s'adonnait à la débauche, mais n'était-ce pas là son choix
Quand Zhengshu le tua, tous dénoncèrent l'assassin de leur roi
Dans le royaume alors, les ministres et le peuple avaient les mains liées,
Telle une pluie opportune, le roi Zhuang de Chu et son armée vinrent les délivrer.

Le roi Zhuang avait déjà tout ordonnancé. Il avait examiné les registres et les cartes territoriales, et fait de Chen une circonscription de son royaume. Il nomma le prince Yingqi duc de Chen et lui donna ordre de veiller sur ses terres. Les dignitaires des deux Etats se rendirent alors au palais présenter leurs félicitations. Même Yuan Po, lui qui connaissait si peu l'équité, dut se faire violence pour adresser ses respects. Seul manquait un dénommé Shen Shushi qui avait été envoyé en mission dans le royaume de Qi avant la reddition de Chen et qui n'en était pas encore revenu. Trois jours après les événements, il rentrait. Il rendit compte de sa mission et se retira promptement sans même adresser au roi ses félicitations. Le roi envoya sur-le-champ un eunuque chez lui pour lui faire dire les paroles suivantes : « Xia Zhengshu a tué son prince et je l'ai châtié en le faisant mettre à mort. Les registres et les cadastres de Chen sont déjà à Chu. Tous ont célébré ma rectitude et aucun des dignitaires n'a manqué de me féliciter. Vous êtes le seul à n'en avoir rien dit. Considérez-vous que d'avoir soumis le royaume de Chen constitue une faute ? »

Après avoir écouté, Shen Shushi suivit le messager pour aller rendre visite au roi Zhuang. Il lui dit :

— Majesté, connaissez-vous l'histoire de l'homme dont le bœuf piétina un champ et auquel le bœuf fut retiré ?

— Non, répondit le roi.

— Il y avait une fois un homme qui conduisit son bœuf par le licol dans le champ d'un autre, le laissant piétiner les céréales sur pied. De colère, le propriétaire du champ s'empara du bœuf de cet homme. Si cette cause se trouvait exposée devant vous, roi, comment la trancheriez-vous ?

— Même s'il est fautif celui qui a laissé son bœuf piétiner le champ n'est pas aussi coupable que celui qui s'est emparé du bœuf, répondit le roi qui poursuivit, il faut donc punir légèrement celui qui a conduit son bœuf et le lui faire rendre absolument. Est-ce là un jugement équitable ?

— Majesté, comment avez-vous pu comprendre si bien cette cause et vous montrer si peu éclairé quant à l'affaire de Chen ? C'est Zhengshu qui a commis un crime et non son royaume. Prince, vous l'avez châtié pour cela et c'est suffisant. Pourquoi s'emparer de son royaume de surcroît ? Quelle est la différence entre vous et celui qui s'empare du bœuf et de quoi devrais-je vous féliciter ?

Le roi Zhuang se leva alors et déclara :

— Vous avez parlé avec équité. Je fais appeler sur-le-champ le dignitaire de Chen, Yuan Po.

Quand celui-ci fut arrivé, le roi lui dit :

— Je désire redonner l'investiture à votre royaume, vous pouvez accueillir et remettre sur le trône votre prince. De générations en générations, Chen demeurera l'allié fidèle de Chu et n'aura pas un cœur de rebelle. Je souhaite aussi que Kong Ning et Yi Hangfu rentrent à Chen pour que vous assistiez votre roi.

Les trois dignitaires de Chen, Yuan Po, Kong Ning et Yi Hangfu saluèrent alors le roi de Chu et se mirent en route. Au moment de quitter le royaume de Chu, ils devaient rencontrer leur souverain, le duc Cheng qui s'en revenait de sa mission à Qi. Ce dernier avait appris que son royaume avait été annexé et se rendait à Chu pour y voir le roi Zhuang. Yuan Po l'informa des décisions de celui-ci, et prince et ministres galopèrent vers la principauté de Chen. D'ores et déjà, le prince Yingqi avait reçu l'ordre de rentrer à Chu et avait restitué les registres et les cadastres de Chen [5]. Un poème devait témoigner plus tard de ce haut fait du roi de Chu :

Qui sait qu'après avoir été annexé, le royaume de Chen fut restitué ?
Tel Shun le Bienfaisant[6], le roi obéit à un conseil récent
De Chu le renom de vertu, au-delà des Quatre mers, s'est étendu
Mais souvenez-vous que le roi d'un Etat, le ministre d'un royaume tua.

---

5. Tous ces événements, la conquête de Chen par Zhuang de Chu et sa restitution sur les conseils de Shen Shushi se produisirent au cours de l'hiver 597. C'est plus tard cependant, en 588, que le roi de Chu désira prendre la dame Xia comme concubine et que Qu Wu l'en dissuada, TT. vol. II, p. 22 sq.

6. Shun, le dernier des cinq empereurs des dynasties légendaires aurait régné entre 2257 et 2208 avant notre ère.

CHAPITRE NEUVIÈME

Dans le monde des ténèbres Xie Ye est nommé
Xia Zhengshu aux enfers est innocenté.

Donc, sur les conseils de Shen Shushi, le roi de Chu avait replacé le duc Cheng sur le trône de la principauté de Chen. Et les dignitaires Kong Ning et Yi Hangfu étaient rentrés chez eux. Un peu plus d'une dizaine de jours s'étaient écoulés depuis leur retour. Un beau matin, Kong Ning se leva tôt pour aller « se laver les mains ». Au moment où il sortait des cabinets, s'éleva soudain une bourrasque d'un vent glacial qui lui fouetta le visage. Saisi d'effroi, Kong Ning éternua. Et à travers un épais brouillard, il vit Xia Zhengshu qui brandissait deux couteaux ; son corps était maculé de sang. Les dents serrées, il injuria Kong Ning :

— Vite, Kong Ning, rends-moi la vie !

Derrière Zhengshu, Kong Ning aperçut alors le duc Ling, échevelé et les pieds nus. La flèche en dent de loup était toujours fichée dans le cœur du duc.

— Tu m'as causé bien des souffrances ! dit-il à Kong Ning. Quatre ou cinq démons portant des chaînes en fer se pressaient derrière le duc. Dès qu'il les vit, Kong Ning sentit « ses âmes spirituelles s'envoler par-delà le ciel et ses âmes matérielles se disperser dans les neuvièmes nuées »[1]. Mort de frayeur, il rentra précipitamment dans sa chambre. Mais il fut devancé par Zhengshu qui se tenait devant lui et lui donna un coup de couteau en pleine tête. Blessé, il tomba à terre, pieds et mains raides. Il appela sans avoir de réponse. Son visage avait la couleur de la terre. Les gens de sa maisonnée ne savaient vraiment pas quoi faire pour lui, aussi l'aidèrent-ils simplement à se relever avant de l'étendre sur son lit. Il devait y rester un bon moment et, vers le milieu du jour, il reprit peu à peu conscience. Sa douleur incessante à la tête ne l'avait pas quittée et le faisait hurler. Mais personne ne comprit la cause de ses cris. Il se leva soudain et bondit sous son lit. Ses yeux se dilatèrent, et il regarda fixement devant lui. Puis il se saisit d'une chaise et, complètement hagard, il voulut en frapper tout le monde. Ils comprirent alors qu'il était devenu fou. Et tous, petits et grands, se mirent à courir dans tous les sens. Certains étaient demeurés sur place cloués par la peur, ils furent blessés par Kong Ning. C'est ainsi que celui-ci avait une vieille mère qui était âgée de plus de soixante ans ; frappée par son fils, elle tomba évanouie sur le sol, et son souffle vital l'abandonna. Kong Ning avait aussi un fils de six ans, son seul héritier mâle, qu'il battit

1. *Ames spirituelles s'envolèrent par-delà le ciel...*, expression qui signifie être mort de frayeur ou d'épouvante ; les âmes spirituelles ou *hun*, après s'être séparées du corps après la mort s'envolent au ciel dans les neuvièmes nuées ou bien encore descendent vers les Sources jaunes, en ce centre de la terre qui communique avec les cieux.

à mort à coups de chaise. Le reste de la maisonnée s'enfuit en courant. Seul un serviteur, le dénommé Liu le Troisième qui, voyant son maître agir ainsi, osa se saisir d'un bâton. Il courut dans la pièce où se trouvait Kong Ning, prit le bâton pour écarter la chaise dont il réussit à s'emparer. Puis portant Kong Ning dans ses bras, il l'aida à sortir de la maison. Les membres de sa famille commencèrent seulement à se sentir un peu rassurés. Quand ils découvrirent les corps inanimés de la vieille mère et du petit enfant, ils se mirent à pleurer à chaudes larmes. Entendant ces lamentations, Kong Ning s'échappa et se mit à courir de manière frénétique. Le destin voulut qu'il meure alors. D'un bond, il avait atteint le bord de l'étang aux lotus ; il s'y jeta. Liu le Troisième le vit alors qu'il se trouvait déjà au beau milieu de l'étang. Il se précipita pour aller le sauver, mais lorsqu'il le ramena sur le bord, Kong Ning était déjà raide mort. Et Li le Troisième demeura là, frappé malgré lui de cette tragédie. Les gens de la maisonnée n'avaient plus rien d'autre à faire que de rappeler Liu le Troisième. On acheta des cercueils pour enterrer les trois victimes. Mais passons sur tout cela et revenons à Yi Hangfu.

Une nuit, peu après la mort de Kong Ning, Yi Hangfu dormait d'un sommeil agité. Il rêva que le duc Ling, Kong Ning et Xia Zhengshu l'emmenaient de force comparaître devant la cour du souverain des enfers. Terrifié par ce rêve, il se retourna et tomba du lit. Son souffle vital s'évanouit et il trépassa. Tout cela correspondait, vous en souvient-il, au serment qu'il avait fait naguère à son épouse la dame Wu. Les dignitaires de Chen, Yuan Po tout particulièrement, furent extrêmement heureux d'apprendre la mort de Yi Hangfu comme ils avaient été heureux de celle de Kong Ning. De fait, ils devaient dire au duc Cheng : « Kong et Yi étaient tous les deux les ministres favoris de notre défunt souverain, le duc Ling votre père. Ils l'avaient entraîné à Zhulin par goût de la luxure. Et s'il trouva la mort, ce fut à cause de ces deux coupables. Les voilà morts aujourd'hui. Cela ne prouve-t-il pas que le Ciel ne tolère pas les criminels en ce monde ? Il nous faut, prince, nous conformant aux intentions du Ciel, ouvrir les cercueils de ces deux hommes, leur trancher la tête, leur disloquer les quatre membres et confisquer leurs biens pour que se puisse dissiper la haine de notre défunt souverain et que ses âmes trouvent oubli et consolation. »

Le duc Cheng les approuva et ordonna sur-le-champ à Yuan Po de conduire deux cents soldats dans les résidences de Kong Ning et de Yi Hangfu.

En masse compacte, ceux-ci encerclèrent les domaines dont les biens furent confisqués. Ils ouvrirent les cercueils, usèrent de piques pour en sortir les cadavres dont les chairs furent réduites en bouillie, puis s'en retournèrent.

S'il n'y avait, depuis longtemps, plus personne – ni jeune ni vieux – dans la maison de Yi Hangfu, l'épouse de Kong Ning vivait encore. Quand elle vit les soldats arriver, elle s'enfuit, échevelée et les pieds nus, par la porte de derrière de sa résidence. Peu de temps après, le duc Cheng devait faire placarder l'avis suivant : *Que les membres des familles Yi et Kong ne trouvent nulle part refuge. Toute personne les cachant serait jugée coupable du même crime.* Ainsi donc, la femme de Kong Ning et sa fille ne trouvèrent nulle part refuge. Personne même ne leur fit l'aumône, et sept jours plus tard, elles moururent de faim et de soif. Mais nous n'en dirons pas plus.

Après leur mort, Kong Ning et Yi Hangfu avaient rejoint bien malgré eux le duc Ling, Xia Zhengshu et les autres. Toutes ces âmes criminelles se rendirent alors vers l'obscure section de l'autre monde pour y être jugées. Elles atteignirent la passe de la Porte-des-Démons où des petits diables gardiens leur réclamèrent l'argent du passage [2]. Comme personne n'avait brûlé de papier-monnaie lors de leurs funérailles pour qu'ils aient de quoi leur remettre [3], Kong Ning et Yi Hangfu furent rossés d'importance avec des fourches de fer par les petits démons. Finalement, le duc Ling intercéda en leur faveur, et les petits démons acceptèrent de les laisser passer. Ils allèrent encore de l'avant et atteignirent la ville de Fengdu [4]. Kong Ning leva soudain la tête et vit que sur la gauche se trouvait un homme la nuque enserrée dans un grand cadenas de fer ; dans ses paumes étaient plantés de longs clous. Deux petits démons le battaient à qui mieux mieux. Kong Ning reconnut alors Zhang Nuit-noire. Il l'appela :

2. La passe de la Porte-des-Démons, *guimenguan,* est décrite dans les « Voyages aux enfers », comme l'endroit où les démons réclament au défunt l'argent qu'il est censé avoir emprunté au Trésor infernal lors de sa dernière transmigration.

3. Sur le papier-monnaie, ou la monnaie de culte *zhijian,* destiné aux divinités ou aux démons, que l'on brûle lors des funérailles, voir la belle étude de Hou Ching-lang, *Monnaies d'offrande et la notion de trésorerie dans la religion chinoise,* Collège de France, Inst. des Hautes Etudes chinoises, 1975.

4. Fengdu est une ville de l'actuelle province du Sichuan où la tradition place la grotte du Prince-des-Enfers, considérée comme étant l'entrée des régions infernales.

— Nuit-noire, comment se fait-il que tu subisses un tel châtiment ?

Nuit-noire tourna la tête et, quand il vit qu'il s'agissait de Kong Ning et de Yi Hangfu, il serra les dents et leur cria méchamment :

— Chiens, c'est à vous que je dois d'être envoyé ici !

— Mais comment avons-nous pu te causer du tort ? l'interrogea Kong Ning.

— Comment ? reprit-il, quand j'étais dans le monde de la lumière, j'ai tué et incendié ; j'ai été condamné à mort et après avoir été décapité, je suis arrivé dans le monde des ténèbres où l'on a jugé que je ne méritais nul châtiment. Je suis ici uniquement parce que vous m'aviez demandé de tuer Xie Ye. Vous auriez pu penser, vous, que Yama le souverain d'en-haut nommerait ce ministre intègre à une fonction et qu'il serait chargé de la sécurité de la capitale des enfers[5] ? Eh bien, c'est ce qui arriva pourtant. Xie Ye envoya une troupe de démons pour venir se saisir de moi. Ils m'ont tout d'abord plongé dans une marmite d'huile bouillante et dire que je n'en suis pas mort ! Ils m'ont enchaîné pieds et mains avec de longs fers et me les ont cloués ! Ah ! aspirer si fort à la mort sans pouvoir l'obtenir et vouloir vivre sans y réussir ! Et tu dis que ce n'est pas vous qui m'avez causé du tort ?

Terrifiés, Kong Ning et Yi s'enfuirent précipitamment. Ils continuèrent leur marche vers l'avant, et

5. *Yama,* Yanluo ou Yanmo, abréviation de Yanmoluoshi, transcription phonétique du nom sanskrit Yama, était le maître et le juge des enfers. Sur le voyage aux enfers et le rôle de Yama, voir les savantes notices de J. Dars, *Au bord de l'eau,* I, Bibliothèque de la Pléiade, 1978, tome 1, p. 1196-1198.

non loin de là, Yi Hangfu vit deux petits démons qui poussaient une meule. Hangfu leur demanda :

— Hé ! grands frères démons, quelle est donc cette personne que vous vous apprêtez à broyer ainsi ?

— C'est la dame Wu, la femme de Yi Hangfu, répondirent-ils. Comme elle n'a pas été vertueuse dans le monde de lumière, elle a été condamnée à être broyée. Ne lui apportez-vous pas quelques présents pour adoucir sa peine ?

Hangfu n'osa pas répondre et poursuivit sa marche vers l'avant sous les injures des démons :

— Quel sale bonimenteur ! Si tu n'apportes rien que viens-tu nous demander alors !

Le cortège des âmes obscures continuait sa marche. Elles s'avançaient depuis longtemps déjà quand elles aperçurent une haute terrasse gardée par quatre ou cinq démons. En voyant les âmes de Kong Ning et de Yi Hangfu arriver, ces derniers les interpellèrent :

— Hé ! vous deux, venez un peu ici monter sur la terrasse pour regarder vos domaines. Vous êtes sur la terrasse où on contemple le pays natal. [6]

Les deux âmes obéirent. Kong Ning regarda sa maison. Il voyait Yuan Po ordonnant à ses soldats de la détruire ; il faisait ouvrir son cercueil, hacher menu son cadavre et brûler sa résidence dont tous les bâtiments furent bientôt ruinés. Yi Hangfu voyait, lui aussi, la même chose. Un désespoir violent les envahit et, de douleur, ils tombèrent éva-

---

6. Terrasse où l'on contemple le pays natal, *wangxiangtai,* Les esprits, lors de leur voyage dans les contrées infernales, y font une brève halte pour regarder une dernière fois le monde qu'ils viennent de quitter.

nouis sur le sol. Ils ne se relevèrent que bien longtemps plus tard, réveillés par le claquement de deux baguettes, qui parvint à leurs oreilles. Et en ouvrant les yeux, ils découvrirent une âme arrivée depuis peu sur la terrasse. L'homme bondissait, tête en bas, tête en haut ; il tenait des baguettes de bambou et chantait l'air de la *Fleur de Lotus*. Les deux hommes l'interrogèrent :

— Tu ne sais donc pas où nous sommes pour être aussi joyeux ! Qui étais-tu donc dans le monde de lumière ?

— J'étais tireur de charrette, répondit-il, comme j'ai sauvé une fois une femme en chemin et que je n'ai commis aucun crime, on vient de m'annoncer que j'allais renaître dans une famille noble et puissante. Pourquoi ne serai-je donc pas joyeux ?

— Quand nous étions sur la terre, dirent Kong et Yi, nous occupions une position brillante. Après notre mort, nous ne valons même pas ce petit tireur de charrette. Et dire que nous ne connaissons pas encore le châtiment que le roi Yama nous réserve !

Et ils éclatèrent en sanglots. En les voyant pleurer, les démons qui gardaient la terrasse, leur dirent avec précipitation en chantant :

— Hé ! vous deux, descendez tout de suite, sinon faute sera à nous, faute sera à nous !

Et se saisissant de bâtons, ils les chassèrent. Ils retrouvèrent alors le duc Ling et Xia Zhengshu, et marchèrent encore de l'avant. Comme ils parlaient, ils arrivèrent enfin au palais du roi Yama. Ils entrèrent par la porte principale puis passèrent une autre porte. Là siégeait le roi Yama en personne. Son air majestueux et imposant inspirait une crainte révérencielle. Autour de lui se pressaient d'innombrables soldats démoniaques. Kong Ning jeta un coup d'œil à la dérobée et vit qu'au fond de la salle, sa vieille mère et son enfant étaient enfermés. Il n'osa pas ouvrir la bouche cependant. Le démon qui l'avait emmené tenait à la main une tablette, il s'agenouilla aux pieds du roi et déclara :

— J'ai donné ordre que l'on s'empare de Kong et de Yi, et les voilà arrivés devant Votre Majesté.

Le roi Yama entra dans une violente colère « à se précipiter contre le ciel » et, frappant sur la table, il cria :

— Vite, qu'on me les amène !

Ils furent alors conduits devant lui par des démons qui leur intimèrent l'ordre de se mettre à genoux. Ils s'exécutèrent et se prosternèrent la tête contre le sol. Le roi Yama poursuivit :

— Que l'on fasse venir aussi le duc de Chen, Pingguo et Xia Zhengshu.

Quand ceux-ci furent arrivés, il déclara :

— Le duc Pingguo était dans le monde de la lumière le souverain d'une principauté. Nous lui accordons, à ce titre, l'autorisation d'assister à l'audience en position de non-criminel.

Le duc se leva alors et tint debout de côté. Le roi Yama frappa derechef sur la table :

— Même si Pingguo s'est montré un prince sans vertu, sa conduite n'a jamais atteint le faîte de la débauche. Tout est de la faute de ces deux chiens qui, connaissant la nature luxurieuse de leur prince, l'ont incité à séduire la dame Xia et ont fait assassiner Xie Ye. Leur crime abominable s'élève jusqu'au ciel.

Et s'adressant à eux à nouveau, il leur demanda :

— Et qu'avez-vous à dire maintenant ?

— Nous avons, il est vrai, encouragé notre prince à la luxure, répondirent-ils, et il nous est difficile d'échapper à votre châtiment. Mais Xia Zhengshu qui a, lui, tué son prince mérite aussi votre châtiment.

— Zhengshu a tué le duc, reprit Yama, car il ne put oublier la honte et la haine qui s'étaient installées en son cœur. Il a subi le supplice de l'écartèlement ordonné par le prince Zhuang de Chu. Il bénéficie donc de circonstances atténuantes. Si les officiers du monde de lumière ont supplicié ceux qui, comme lui, n'ont pas commis de crime véritablement grave, les officiers du monde des ténèbres peuvent les relâcher. Quant à vous deux, vos crimes sont considérables, et vous avez, de plus, connu dans le monde de lumière une fin heureuse. Il est impossible de ne pas vous châtier avec sévérité. Je vais ordonner aux démons de vous donner chacun à son tour une quarantaine de bons coups avant de vous faire envoyer dans la capitale où Xie Ye vous intimera ses ordres.

Les démons se saisirent alors de Kong et de Yi les renversant sur le sol. Et chacun à leur tour, ils leur appliquèrent quarante coups. Les deux hommes poussaient des cris effrayants ; le ciel en tremblait, leur sang recouvrit la terre. Puis les démons les enchaînèrent et les emmenèrent. En l'espace d'un instant, ils se retrouvèrent au pied de la terrasse du palais de Xie Ye. Lorsque ce dernier les vit arriver, de colère ses cheveux se dressèrent sur sa tête, et l'on crut qu'ils allaient soulever sa coiffe. Il les injuria avec véhémence :

— Vous, hommes licencieux, quand vous étiez dans le monde de lumière, vous avez fait assassiner un homme probe. Fonctionnaires vicieux ! jamais vous ne pourrez tomber aussi bas qu'aujourd'hui.

Et là-dessus, il ordonna aux petits démons de piquer les deux condamnés avec des fourches en acier et de les pousser jusque dans la marmite d'huile. Les démons mirent l'huile à bouillir sur-le-champ et y précipitèrent les deux hommes qui furent bientôt frits des pieds à la tête. Cette sentence exécutée, il déclara :

— Le duc Ling n'avait pas de vertu ; il n'a pas écouté mes justes exhortations et il a continué de se livrer à la fornication. Il convient qu'il soit envoyé dans le neuvième enfer pour y subir dix ans de châtiments. Mais en souvenir de l'amitié qui liait autrefois le ministre Xie Ye au duc Ling, je vais lui octroyer la grâce de renaître dans le monde de lumière. Il deviendra un lettré pauvre et enseignera jusqu'à la fin de ses jours pour racheter son crime. Quant à Xia Zhengshu qui a tué son prince, il ne peut éviter le châtiment. Mais songeons que dans le monde de lumière, il a subi le supplice de l'écartèlement, aussi lui ordonnons-nous de renaître comme bûcheron ; il coupera du bois jusqu'à la fin de ses jours. Après avoir statué auprès des démons du sort de ces hors-la-loi, Xie Ye regagna son palais. Il y eut un poème plus tard qui disait :

Dans le monde de lumière faire le mal et n'en rien regretter
Les officiers des ténèbres jugent et ne peuvent pardonner.
Quand bien même on est encore loin de ce jour imminent,
Les coupables d'eux-mêmes sont terrifiés à l'écoute du châtiment.

Mais si vous désirez connaître les affaires ultérieures de la dame Xia, eh bien, prêtez l'oreille aux explications du chapitre qui vient.

CHAPITRE DIXIÈME

Le fils agit avec sa belle-mère son père une fois disparu
Enlevant la belle dame Qu Wu au royaume de Jin a couru.

De ce qu'il advint donc aux enfers, nous ne parlerons plus. On sait que Lianyin Xianglao avait reçu du roi Zhuang la dame Xia comme épouse. Or, juste une année après, comme il suivait son souverain dans une expédition contre le royaume de Jin, il fut tué d'une flèche par un dénommé Sun Xi. Le roi Zhuang dépêcha quelqu'un pour annoncer sa mort à son fils Heidui [1]. Il faut dire que la présence quotidienne de cette séduisante belle-mère dont la beauté était capable de « renverser royaumes et cités » et dont l'apparence rappelait en tous points les belles Xishi et Taizheng [2], n'avait pas manqué de

1. Dans le *Zuochuan,* Heidui apparaît sous le nom de Hei Yao, TT. vol. II, p. 63.

2. Xishi était une de ces beautés « ravageuses » de l'Antiquité ; envoyée par le roi de Yue, Gouqian, à son rival Fuchai du royaume de Wu, elle devait conduire à sa perte ce dernier qui fut détruit en 473 avant notre ère.

Taizheng, ou Yang Taizheng (?-756), plus connue sous le nom de Yang Guifei, était la concubine favorite de l'empereur Xuan Zong des Tang. L'empereur dut la sacrifier à ses soldats après la prise de la capitale par le général rebelle An Lushan.

provoquer chez le jeune homme un certain trouble. Seul son vieux père avait fait obstacle à ses pensées libidineuses. Et il ne lui avait pas été commode de se mettre à l'œuvre. Aussi ce jour-là, lorsqu'il apprit la nouvelle de la mort de son père, il feignit l'affliction la plus profonde ; il porta le grand deuil et poussa de longs gémissements. Mais en son cœur, il se réjouissait de n'avoir plus d'obstacle à son désir. Il pensait à part lui : « D'ici peu, cette délicieuse personne sera mienne ! » Dame Xia qui était comme on sait une femme portée sur la chose s'était souvent affligée de l'âge avancé et de la faible constitution physique de son nouvel époux. Ceci venait du fait que son membre viril était extrêmement petit et que, quand venait l'heure de la bataille, il s'activait deux ou trois fois ne menant jamais la chose à bonne fin. C'est alors qu'en son cœur insatisfaite, elle avait commencé à regarder le fils de Xianglao, Heidui qui avait une forte corpulence et qui lui parut de force à mener de longs combats. Ses pensées s'étaient donc fixées sur lui. Et qu'après avoir vécu ainsi pendant un an, la belle se réjouit de la mort de son vieil époux sur le champ de bataille, il n'est sans doute pas utile de le mentionner.

Heidui avait des relations suivies avec une servante appelée Lune d'Automne. Ce jour-là, comme il était en train de bavarder avec dame Xia dans la chambre, il vit soudain entrer la servante. Il lui envoya une œillade mais celle-ci ne devait pas s'en apercevoir. Heidui prit alors congé de la dame et se retira pour aller l'attendre au rez-de-chaussée. Peu de temps après, la lune apparut brillante comme un clair miroir à travers le feuillage d'un sterculier du jardin. Heidui attendait depuis longtemps déjà et ne voyait toujours pas Lune d'Automne arriver. Il n'avait goût à rien si ce n'est qu'il était fort préoccupé par la pensée de dame Xia. Soudain, le désir l'embrasa comme un feu ardent, il se dévêtit complètement. Apparut alors cette chose aussi grosse que longue qu'il maintint dans sa main ; il s'allongea et se la prit pour se divertir. Pendant ce temps-là, la dame devisait avec Lune d'Automne. Une veille s'écoula. La dame retourna dans sa chambre prendre du repos. Lune d'Automne ne sachant pas que Heidui l'attendait alla se coucher. A la deuxième veille, dame Xia eut soudain soif et désira prendre du thé. Elle appela la servante à plusieurs reprises sans avoir de réponse. « La friponne ! pensa-t-elle rageuse, elle doit dormir à poings fermés ! » Alors, elle se leva et, une lampe à la main, sortit de sa chambre tout en continuant à l'appeler. Elle descendit l'escalier. Heidui, croyant que Lune d'Automne arrivait enfin, jeta un coup d'œil et reconnut sa belle-mère.

Il fit semblant de continuer à dormir tandis que son membre viril se dressait toujours aussi raide. Dame Xia le surprit ainsi et demeura stupéfaite : « Comme il est jeune ! Et comme il a un grand capital de naissance ! » se dit-elle. Le croyant endormi, elle allait se retirer quand soudain elle pensa : « Mais que fait-il donc tout seul ici ? Il a dû certainement donner un rendez-vous à Lune d'Automne et il s'est endormi en l'attendant. » Elle approcha alors la lampe pour l'éclairer et ne put empêcher le désir l'envahir. S'il est une chose bien difficile à éteindre, c'est bien le feu du désir, n'est-ce pas ! Ainsi si elle avait complètement oublié sa soif de thé, cette autre soif la faisait mouiller le sol de ses humeurs intimes.

Finalement, sans se soucier le moins du monde des convenances, elle éteignit la lampe et se déshabilla. Elle se mit à califourchon sur lui et des deux mains ouvrit « le cœur de sa fleur ». Elle se saisit de la « tête de tortue » et en poussant doucement doucement elle la fit pénétrer de moitié. Continuant à frotter, elle la fit pénétrer complètement. Elle se sentit alors si allègre que ses humeurs intimes coulèrent comme un torrent. Elle effectuait des mouvements ascendants et des mouvements descendants prenant du plaisir un bon moment ainsi. Elle eut peur soudain qu'il ne se réveillât et elle voulut descendre pour s'enfuir furtivement. « Je ne peux pas laisser échapper cette chance, pensa alors Heidui, si elle part maintenant, quel mal me faudra-t-il pour retrouver une pareille opportunité ! Il faut que je trouve une idée. » Alors il feignit de croire que la dame était Lune d'Automne et il l'appela :

— Depuis combien de temps es-tu là ?

Il étendit ensuite ses deux mains vers elle et la maintint en lui soulevant les fesses. Et sans réfléchir une seconde, d'une poussée soudaine, il s'activa à pousser et à tirer de la manière la plus désordonnée du monde. Dame Xia accepta la méprise. « Après tout, pensait-elle, s'il croit que je suis Lune d'Automne, profitons-en sans craindre le déshonneur ! » Elle pencha alors ses épaules vers Heidui qui en dessous s'abaissait et se relevait et qui s'activait si bien que le « cœur de sa fleur » la démangeait de plaisir. Comme il ne se sentait pas encore satisfait, Heidui la prit ensuite dans ses bras et la retournant la coucha sur le dos. Il prit ses jambes qu'il enserra autour de sa taille et, de toutes ses forces, se mit à tirer et à pousser. La dame mettait en pratique son art de « recueillir les fruits de la bataille » et en toute liberté recevait et donnait. Quand Heidui l'entendit haleter délicatement et qu'il sentit sa taille fine se mouvoir impétueuse et vive, il comprit qu'elle avait atteint le plaisir. Penché vers elle, il lui disait :

— Ma chérie, tu es vraiment merveilleuse cette nuit.

Soulevant ses « lotus d'or », il les caressa longuement :

— Et ces petits pieds jolis ! on dirait qu'ils sont semblables à ceux d'une autre personne...

Dame Xia ne répondit rien. Il palpa alors la porte de son yin qu'elle avait très haute et très resserrée et il s'occupa à frotter le « cœur de sa fleur » avec la « tête de sa tortue ».

— Quel plaisir, reprit-il, je n'ai jamais été aussi heureux que cette nuit.

La dame avait peur qu'il ne découvre qu'elle s'était substituée à Lune d'Automne. Elle le repoussa voulant s'en aller. Heidui devina son intention ; lui-même craignait que Lune d'Automne ne vînt les surprendre inopinément. Aussi chacun avec cette disposition d'esprit cessa-t-il de prendre du plaisir avec l'autre. Mais avant que la dame ne s'éloigne, Heidui lui lança :

— Lune d'Automne, nous n'avons pas mené l'affaire à bonne fin et je n'ai pas atteint la jouissance suprême. Si tu pars, où veux-tu donc que j'aille chercher quelqu'un pour se substituer à toi ?

— Va chercher celle que ton cœur aime, répondit dame Xia en baissant la voix.

— Mais la connais-tu vraiment celle que mon cœur aime ? interrogea-t-il.

Se ménageant la possibilité de poursuivre cette aventure galante, la dame lui répondit :

— Ne viens-tu pas de dire juste à l'instant que tu aimais ses petits pieds ?

Heidui l'attira à lui et la baisa sur la bouche en lui disant :

— Eh bien ! je me fie à toi et vais cette nuit m'emparer de cette personne. Je verrai bien ce qu'il en est.

La dame acquiesça et retourna dans sa chambre. Comme elle pensait qu'il allait peut-être venir, elle ne ferma pas la porte à clé et alla s'allonger sur le lit en l'attendant. Effectivement, Heidui devait trouver le chemin de sa chambre sans difficulté et arriver tout doucement. Il entra et se dirigea vers le lit. Il étendit la main et sentit un corps mince et nu ; la personne qui était là allongée sur le dos semblait vraiment ne rien attendre d'autre. Heidui monta alors sur le lit. Il se trouva bientôt à la chevaucher et ficha son membre viril dans la vallée. Et de toutes ses forces, il effectua des allées et venues. Feignant de se réveiller soudain, dame Xia lui dit :

— Aya, mais quelle audace ! est-ce là manière de faire ?

— Te serais-je étranger ? répondit Heidui.

— Tes manières sont vraiment insupportables, reprit la dame, oser profiter ainsi de moi pendant mon sommeil ! Sais-tu que cela est condamnable ?

— Mais toi aussi ne t'es-tu pas montrée insupportable en agissant de même croyant que je dormais ? Sais-tu que cela est condamnable ?

Voyant qu'il l'avait percée à jour, la dame lui donna un léger coup et dit :

— Petit roublard ! et comment as-tu pu savoir qu'il s'agissait de moi ?

— Eh bien, dit-il, Lune d'Automne est loin de posséder tous les agréments d'une nature aussi galante !

— Ainsi donc, tu savais, coquin ! Désormais tu devras garder bouche close car il nous faut faire attention.

Heidui inclina la tête en guise d'acquiescement. Il prit ensuite l'oreiller brodé qu'il plaça sous la taille de la dame. Puis, lui soulevant les pieds, il se mit à s'activer frénétiquement. Son membre viril bondissait et bondissait. Il était comme fou. Il émit ensuite sa semence et après s'être reposé un moment, de nouveau il fut embrasé par le feu du désir. Il la chevaucha et émit, émit encore sa semence. Et ce, sept fois au cours de cette même nuit avant qu'ils ne songent même à se reposer.

Et dès lors, il sortait de la chambre de sa belle-mère quand le jour s'éclairait tandis qu'il y pénétrait lorsque la lune se levait. Il espérait simplement que la maisonnée endormie ne l'entende pas. Mais ne dit-on pas « ce que l'on veut taire, mieux vaut ne pas le faire » ? Tous furent bientôt au courant de cette affaire.

Par ailleurs, le cadavre de son père se trouvait toujours dans le royaume de Jin. Heidui, trop épris de sa belle-mère, n'alla pas le chercher et les gens du royaume commencèrent à le critiquer. La dame elle-même connut l'opprobre et forma le projet de retourner dans sa principauté natale sous prétexte d'aller honorer le corps de son époux disparu.

Heidui devait peu après développer un mauvais abcès que l'on appelle « chancre syphilitique » et il demeura couché sur son lit pendant un mois sans pouvoir bouger.

Ces nouvelles parvinrent aux oreilles de Qu Wu qui envoya quelqu'un de son entourage porter secrètement à dame Xia le message suivant : *Qu Wu, duc Shen, pense à vous avec tendresse depuis fort longtemps et éprouve à votre égard un vif attachement. Si vous retournez dans votre principauté natale de Zheng, tôt ou tard, il viendra vous y retrouver et vous demander en mariage.* L'envoyé ajouta aussi : *L'art guerrier de Qu Wu est éminent. Il possède l'art de Laozi*[3] *pour affiner son essence.* La dame en eut le cœur troublé, et son désir de retourner à Zheng grandit encore.

Qu Wu envoya également quelqu'un demander au duc Xiang de Zheng qui avait succédé au duc Mu :

— Dame Xia désire revoir sa terre natale. Ne serait-il pas bon que vous l'y receviez ?

Le duc accepta.

Le roi de Chu devait s'enquérir auprès de ses hauts dignitaires de cette situation :

— Quelles sont les intentions du duc de Zheng pour recevoir ainsi dame Xia ?

— La dame souhaite reprendre le cadavre de son défunt époux, répondit Qu Wu, et le duc de Zheng accepte de la recevoir.

— Mais le cadavre de Xianglao se trouve à Jin, rétorqua le roi. Que peut faire le duc de Zheng ?

3. Laozi ou « le vieux maître », auteur présumé du principal ouvrage du taoïsme philosophique, *Le Livre de la voie et de sa vertu, Daodejing* ; on lui accorde ici l'invention de la méthode qui consiste à « affiner son essence vitale ».

— Majesté, je vais vous expliquer la situation telle qu'elle se présente aujourd'hui, déclara Qu Wu. Nous retenons prisonnier dans notre royaume un dénommé Xun Ying, fils de Xun Shou du royaume de Jin. Le père qui pense à son fils chéri avec un attachement très vif a été nommé récemment à la tête de l'armée du centre ; il s'est, par ailleurs, lié avec le dignitaire Huang Shu de la principauté de Zheng. Xun Shou est prêt à vous demander, par l'entremise de Huang Shu, de délivrer son fils en échange du cadavre de Xianglao et de la liberté de votre propre enfant. Depuis la bataille de Pi, le prince de Zheng craint une attaque du royaume de Jin, aussi ne manquera-t-il pas de venir solliciter cet échange pour se concilier ses faveurs [4].

Ces paroles n'étaient pas encore achevées que la dame se rendait à la cour. Voulant prendre congé du roi de Chu, elle lui apprit les raisons de son retour à Zheng. Comme elle parlait, les larmes, telles des perles de pluie, arrosaient son visage :

— Si je ne peux obtenir le cadavre de mon défunt époux, disait-elle, je fais, moi pauvre servante, le serment de ne pas revenir à Chu.

Le roi eut pitié d'elle et la laissa aller. Comme elle était sur le point de se mettre en route, Qu Wu adressa une lettre au duc Xiang de Zheng lui demandant dame Xia en mariage. Le duc ne connaissait pas les circonstances qui avaient autrefois amené le roi Zhuang de Chu et le prince Ce à vouloir prendre cette dame pour épouse ; il appréciait aussi les immenses services que rendait alors

---

4. Ce passage est tiré du *Zuochuan,* TT. vol. II, p. 24. Nous sommes en 588 avant notre ère.

Qu Wu au royaume de Chu. Espérant ainsi sceller alliance avec Chu par ce mariage, il lui accorda cette faveur.

Dans le même temps, Qu Wu devait dépêcher un envoyé à Jin pour remettre la missive suivante à Xun Shou : *Nous acceptons d'échanger à Chu votre fils Xun Ying contre le fils du prince et le cadavre de Xianglao.*[5] Jamais les habitants de Chu ne mirent en doute la véracité des paroles de Qu Wu et jamais ils ne soupçonnèrent ses intentions cachées.

Un peu plus tard, l'armée de Jin devait envahir le royaume de Qi. Le prince de Qi demanda alors une aide militaire au roi de Chu. Mais comme Chu avait subi de lourdes pertes au cours de ses derniers combats, il ne put se porter à son secours. On apprit peu de temps après que l'armée de Qi avait subi une grave défaite et qu'elle n'avait pu que conclure un pacte avec son ennemi. Le roi Gong de Chu qui avait succédé à Zhuang dit à ses ministres rassemblés autour de lui :

— Aujourd'hui, Qi est annexé par Jin car nous n'avons pas pu lui envoyer de renforts. Il n'était pas dans la volonté de Qi de subir une telle annexion. Il est de mon devoir de laver cet affront en attaquant les alliés de Jin, les principautés de Wei et de Lu. Oui veut aller signifier mes intentions au prince de Qi ?

— Je le souhaite, Majesté, répondit Qu Wu.

— Il vous faudra alors faire route par Zheng et donc sceller alliance avec son armée. Le 15 du dixième mois, en hiver, vous rencontrerez les

5. L'échange eut lieu en 587 avant notre ère. TT. vol. II, p. 37.

envoyés de Qi aux frontières de Zheng, et à ce moment-là, vous préviendrez le prince de Qi.

Après avoir reçu les ordres de son roi, Qu Wu rentra chez lui. Puis, sous un prétexte quelconque, il se mit en route vers Zheng. Il avait pris soin de faire transporter ses richesses en dehors de la ville et de faire mettre les membres de sa famille en sécurité. Et lui-même monté sur un grand char qui suivait les voitures qui contenaient ses biens et abritaient ses parents, il marcha, par une nuit étoilée, vers la principauté de Zheng. Quand il y fut arrivé, il remplit une partie de sa mission en transmettant le message du roi de Chu aux personnes concernées et puis, il épousa dame Xia. Cette alliance devait inspirer le poème suivant :

La belle rencontre un talentueux séducteur
Qui comme elle dérobait l'amour en tous lieux
De la bataille à cueillir les fruits ils seront deux
Et le combat sera capital pour le vaincu ou le vainqueur.

Et si vous désirez connaître l'issue de ce combat, eh bien, prêtez l'oreille aux explications du chapitre qui vient.

CHAPITRE ONZIÈME

Aux jeux de l'ivresse Wuchen invite Yunxiang la charmante
Dans le pavillon aux pivoines être musicienne et amante.

Qu Wu était donc à présent marié avec dame Xia et pour l'heure, il la contemplait. Il lui semblait que son visage était pareil aux fleurs de pommier à bouquet sous la lune de printemps. Ses yeux, feuilles de saules à peine dépliées, brillaient d'un vif éclat et son regard était doux et pénétrant. Elle gardait ses lèvres pareilles à la cerise entrouvertes. Son corps mince et souple, et son élégance évoquaient d'une immortelle le charme insaisissable. Et bien qu'elle approchait déjà de sa cinquantième année, elle semblait avoir seize ans. Il se réjouissait en secret :

— Ah ! je ne l'ai pas attendu en vain ce jour !

Le soir venu, on disposa un grand banquet, et il but en sa compagnie. A la lumière des lampes, il contempla à nouveau son visage à la fleur d'hibiscus pareil, ses sourcils minces et allongés, son regard limpide comme les eaux à l'automne ; de la montagne au printemps elle avait la fraîcheur et le charme embrumé. Ses manières raffinées et galantes le ravissaient. Et il ne put empêcher le feu du désir monter en lui. Pendant qu'ils buvaient, il avait pris la pilule de Laozi dite « des trois yangs » qui fit passablement grandir et grossir son membre. Profitant du plaisir que leur causait l'ivresse, il prit sa femme dans ses bras et la porta sur le lit. Dame Xia se dévêtit et elle lui apparut dans l'éclat de sa nudité délicatement parfumée. Qu Wu lui écarta les jambes et la souleva légèrement. Il vit sa poitrine se tendre, ses yeux se relever vers le haut et ses bras couleur de poudre rose s'allonger comme si elle allait embrasser la lune pleine d'automne. Elle balança ses « lotus d'or » grands de trois pouces. Qu Wu ficha alors sa chose dans la vallée, frottant et piquant, piquant et frottant ; il fut bientôt au comble du bonheur. La « porte du yin » se dressait haut, très haut ; la « tête de tortue » allait vers la gauche, et encore vers la gauche, puis vers la droite, et encore vers la droite dans les bruits de l'amour et des paroles galantes. Qu Wu se retira soudain et se coucha sur le dos. Il dressait avec fierté cette grande chose de cinq ou six pouces de long. La dame se mit à califourchon au-dessus de lui et se plaça face à la « tête de tortue » ; et s'asseyant elle la fit disparaître en elle totalement. Qu Wu lui prit les fesses qu'elle avait aussi blanches que neige. Il les soulevait, puis les abaissait. Au-dessus de lui, la dame semblait avaler et recracher. Ils prenaient du plaisir ainsi depuis un long moment déjà quand derechef il la renversa. Il s'empara de ses tout petits pieds qu'il contempla avec ravissement. Il lui souleva les jambes des deux mains, la clarté de ses yeux se dirigea vers « l'entrée de la double montagne» où il regarda alors le «grand général » livrer combat dans la calebasse ; sept fois capturé et sept fois relâché, il avançait avec force, puis reculait, avançait et reculait tant et si bien que la rumeur guerrière emplit ses oreilles. La dame ne demandait qu'une chose, que jamais cette allégresse ne prenne fin. Aussi s'activèrent-ils jusqu'à la quatrième veille de la nuit. Alors seulement cessa le jeu « des nuages et de la pluie ». La tête appuyée sur le bord de l'oreiller, la dame demanda à son époux :

— Avez-vous fait part de notre mariage au roi de Chu Qu ?

Wu lui raconta alors comment il avait autrefois empêché le roi Zhuang et le prince Ce de la prendre pour épouse et il ajouta :

— Ce qu'il m'a fallu d'ingéniosité pour vous posséder ! Maintenant que nous sommes heureux comme les poissons dans l'eau, mon désir le plus cher est exaucé. Voilà pourquoi je ne saurais retourner à Chu. Ne vaut-il pas mieux nous fixer dès demain ailleurs et y vivre dans le bonheur cent années encore ?

— Pour sûr, répondit-elle, mais si vous ne retournez pas à Chu, comment accomplir la mission qui vous a été confiée ?

— Je vais envoyer un rapport à Chu. Savez-vous qu'à présent les royaumes de Jin et de Chu sont ennemis ? Nous pourrions nous rendre à Jin où nous recevrions asile.[1]

Les deux amants croisèrent ensuite leur tête sur l'oreiller et s'endormirent.

Le lendemain, Qu Wu écrivait une lettre au roi

---

1. En fait, d'après la chronique du *Zuochuan,* en 588, Qu Wu désirait se rendre à Qi avec dame Xia, mais comme celui-ci venait de perdre une importante bataille contre le royaume de Jin, il décida alors de se rendre à Jin, TT. vol. II, p. 25.

de Chu, qu'il confia à un membre de son escorte. Puis il se hâta, en compagnie de la dame Xia vers le royaume de Jin.

En effet, marri de sa récente défaite face à Chu, le duc Jing de Jin fut si heureux d'apprendre la venue de Qu Wu dans son royaume qu'il s'exclama :

— Cet homme est l'envoyé du Ciel !

Le jour même, il devait le nommer haut dignitaire de son royaume et lui conférer un fief en apanage. Qu Wu prit désormais le nom de Wuchen, et son épouse, dame Xia, fut prénommée Yunxiang [2]. Et voilà comment les deux époux s'établirent à Jin.

C'est par contre bien inopinément que le roi de Chu reçut la lettre de Wuchen qui lui disait en substance ceci :

Le prince de Zheng vient d'accorder à votre humble ministre la main de dame Xia. Il me fut impossible de refuser. Je crains, Majesté, que vous ne m'en incriminiez, aussi me suis-je provisoirement installé au royaume de Jin. Vous confierez à un ministre plus fidèle que moi la mission d'annoncer au prince de Qi vos intentions. Je sais qu'il s'agit là d'un crime qui mérite la mort, qui mérite la mort.

En lisant cette missive, le roi Gong entra dans une violente colère. Il convoqua sur-le-champ les princes Ce et Yingqi pour la leur montrer. Le prince Ce dit alors :

— Les royaumes de Jin et de Chu sont depuis toujours ennemis. Or, aujourd'hui, Wuchen s'est

2. Yunxiang signifie littéralement « Fragrance de Rue » ; la rue étant une plante odoriférante utilisée dans les bibliothèques autrefois pour protéger les livres des déprédations des insectes.

réfugié à Jin. C'est une rébellion. Qn ne peut pas ne pas le châtier !

Le prince Yingqi dit à son tour :

— Heidui, fils de Xianglao, s'est accouplé avec sa belle-mère, c'est lui le vrai coupable. Il convient de le châtier également.

Le roi acquiesça ; il ordonna au prince Ce de conduire ses soldats exterminer le clan de Wuchen et envoya le prince Yingqi s'emparer de Heidui ; ce dernier fut décapité d'un coup de hache. Les richesses des deux familles furent entièrement partagées entre les deux princes qui les utilisèrent pour eux-mêmes. En apprenant que son clan avait été exterminé, Wuchen envoya une lettre aux deux hommes qui disait en résumé ceci :

Vous avez mis au service du roi de Chu la cupidité et la cruauté. Mettre à mort autant d'innocents ne préjuge pas d'une heureuse fortune. Je vous poursuivrai impitoyablement jusqu'à l'heure de votre mort.[3] Les princes gardèrent la lettre secrète et firent en sorte que le prince de Chu n'en sût rien.

Wuchen, au service de Jin, mit au point une politique qui visait à sceller alliance avec le lointain royaume de Wu, voisin de Chu[4]. Comme les soldats de ce royaume ne connaissaient pas l'usage du char, il le leur enseigna. Il conseilla de surcroît au roi de Jin d'envoyer son propre fils Hu Yong occuper une charge à Wu et de toujours entretenir la confiance entre les deux Etats par l'envoi d'émis-

3. Selon le *Zuochuan,* ceci se passa en 583 ; les princes de Chu, Ce et Gongqin sont appelés dans la chronique Zi Fan et Zi Chong. TT. vol. II, p. 63.

4. C'est en 583 que Wuchen demanda au roi de Jin d'être envoyé en mission à Wu. TT. vol. II, p. 64.

saires. La puissance de Wu ne cessa alors d'augmenter et sa force armée toujours plus se développa. Wu devait attaquer les régions limitrophes de son territoire situées à l'est de Chu dont les frontières furent envahies régulièrement sans qu'il ne connaisse plus une année de paix. Mais laissons là ce qui plus tard se passera.

Depuis qu'il habitait à Jin, Wuchen avait fait aménager un parc dans sa résidence. Nous étions alors dans une de ces douces journées de printemps où toutes les fleurs étaient écloses. Pêchers et pruniers rivalisaient d'éclat. A l'intérieur du parc, il y avait un bâtiment d'une extrême élégance, environné de toutes parts par des pivoines. Le pavillon qui s'élevait au centre fut appelé le « pavillon aux pivoines », et chaque jour, Wuchen s'y rendait pour boire et y festoyer avec son épouse. Un jour qu'il n'était pas avec elle, elle se promena au hasard parmi les pivoines. Puis comme elle rentrait dans le pavillon, l'éclat de la lune l'illumina soudain, irisé et diapré. Elle pria ensuite sa petite servante de lui apporter « un tabouret de printemps » sur lequel elle prit place. Elle lui demanda aussi de lui donner son *qin* précieux[5]. Sa main effilée et son poignet de jade se déployèrent avec délicatesse, et elle se mit à jouer. Elle pinça les cordes un moment, puis entrouvrit légèrement ses lèvres vermillon et doucement se mit à chanter sur l'air de Tang Duoling :

Cette nuit-là, un vent léger se leva
Un point d'incarnat des lotus parfumés raviva l'éclat

5. Le *qin* est un instrument de musique antique à sept cordes dont on joue à la manière d'une cithare, posé sur une table.

Et la brume de lucioles par endroits s'éclaira
Fraîche est la nuit : fraîche est l'onde
Où les poissons font la ronde
Sur la balustrade de l'Est appuyé
Soudain disparue l'humidité de l'été
Fraîche est la rosée.
Se rappeler les années passées
Le tube de lotus empli par le vin
Du fleuve quand monta un air pur et divin
S'en aller dans l'ombre des saules flâner.

Wuchen qui s'approchait du pavillon entendit soudain fredonner. Il s'arrêta et prêta attention à cette voix au babil du loriot pareille et qui semblait le gazouillis d'un oiseau de bon augure. Il sut alors que c'était son épouse qui chantait ainsi. Debout à l'extérieur du pavillon, il l'écouta. Quand elle eut terminé, elle appela sa suivante pour que celle-ci emmène son *qin*. Elle défit ses habits et ne garda que ses vêtements de dessous. Elle s'allongea sur le lit. Quand il vit la servante aller chercher du thé dans les appartements privés, Wuchen pénétra dans le pavillon et dit à son épouse :

— Quelle chanson délicieuse !

Yunxiang le voyant arriver se leva et lui répondit :

— Je n'ose croire à vos aimables paroles. Ces babillements ne sont qu'un piètre divertissement.

— Et si, poursuivit-il, cette nuit nous nous reposions dans le pavillon sous l'éclat de la lune brillante ?

— Quelle merveilleuse idée ! répondit-elle.

Comme ils étaient en train de deviser ainsi, la petite servante revint en apportant le thé. Yunxiang lui ordonna alors de sortir draps parfumés et oreillers brodés, et de les disposer sur le lit de bambou. Et dès que ce fut terminé, elle la congédia. Wuchen dit alors :

— Cette nuit, à la clarté de la lune, nous allons livrer une bataille fracassante !

A l'entendre parler de la sorte, Yunxiang sentit le désir l'ébranler ; elle enleva ses vêtements de dessous et s'allongea sur le lit. Elle se saisit de l'oreiller brodé qu'elle cala sous sa taille. Wuchen secoua trois fois son membre viril et celui-ci se dressa. Puis il avala une pilule qui, sur-le-champ, le rendit encore plus grand. Avec une précipitation mal contenue, il la chevaucha et plaça son membre de jade sur la porte de son yin comme s'il allait la pénétrer, mais il ne le fit pas, frottant, frottant toujours. La vallée de Yunxiang s'enflamma. Ses humeurs intimes ruisselaient sans cesse. Elle lui demanda soudain :

— Et quelle est cette façon capable de me faire mourir de désir ?

— Elle s'appelle « humer l'arôme sans goûter », lui répondit-il.

Un peu après, à travers l'écran de gaze, la lune éclaira plaisamment le corps de Yunxiang qui apparut lisse et doux, poli et onctueux comme une pièce de jade blanc. Wuchen brûla à nouveau d'un désir ardent. Et il la pénétra atteignant directement « le cœur de sa fleur ». A un certain moment, il se releva un peu. Le membre de jade emplissait entièrement l'intérieur de la vallée, tournait et retournait en toute liberté semblable au seau dans le puits. Comme Yunxiang lui demanda le nom de cette manière, il répondit :

— C'est le lion qui fait rouler la balle brodée.

Un moment plus tard, il devait demander à sa femme de se lever et de s'appuyer des mains sur un tabouret. Lui-même se trouvait derrière elle en lui tenant les genoux. Il effectua une bonne centaine de va-et-vient, et ils prirent du plaisir à la manière « du feu qui prend de l'autre côté de la montagne ». Puis finalement, ne trouvant plus cela bien merveilleux, il alla sur le lit où il s'allongea sur le dos demandant à son épouse de le chevaucher. Il prit ses fesses à pleines mains, les levait et les abaissait dans un grand vacarme. Lorsqu'il l'eut entièrement pénétrée, Yunxiang ne se contrôlait plus, elle ne cessa de se soulever et de s'abaisser dans les fracassants bruits de l'amour. Il lui demanda alors :

— Connaissez-vous cette manière ?

— N'est-ce pas « face au ciel le bâton d'osmanthe odorant » ?

— Oui, assurément, répondit-il.

Et là-dessus, les deux époux poursuivirent les « tu m'aimes, je t'aime », et de toute la nuit, ne dormirent point.

Mais sait-on que les fenêtres ont des oreilles ? De l'autre côté du mur, comment n'y aurait-il pu avoir personne ? Tout avait été entendu en effet par la petite servante de Yunxiang. Vous me demanderez alors comment ceci avait-il pu se produire ? Eh bien ! en préparant le lit pour sa maîtresse, la suivante se doutait bien de ce qui allait se passer. Aussi n'était-elle pas allée se coucher, mais s'était-elle rendue derrière le pavillon. Restée sous la fenêtre toute la nuit à écouter à la dérobée, elle ne manqua rien des chevauchées des deux amants. Tout ce qu'elle avait entendu demeurait si clair en son cœur qu'elle n'avait pu dormir de la nuit. Et c'est seulement lorsque vint le moment où la lumière du jour allait apparaître qu'elle retourna dans sa chambre.

Et si vous désirez savoir la suite de cette aventure, eh bien, prêtez l'oreille aux explications du chapitre qui vient.

CHAPITRE DOUZIÈME

Au rendez-vous galant, la servante dérobe le printemps
Malgré les malheurs subis, Fleur de Lotus trouve un mari

Donc, après avoir épié toute la nuit, la petite servante était retournée dans sa chambre. Mais croyez-vous qu'elle put s'endormir ?

Son cœur la démangeait d'une manière difficilement supportable. Elle désespérait de ne connaître un galant qui l'étreindrait et l'attirerait sur son cœur. Ne connaîtrait-elle jamais la chose ? Elle pensait à cela depuis un moment déjà quand elle se dit : « Mais j'en connais un ! » Il lui était venu soudain à l'esprit que Li le Bienheureux, le gardien de la porte, avait vingt-huit ou vingt-neuf ans, qu'il était donc dans la force de l'âge et qu'en plus, il n'était pas encore marié. « Il dort dans la chambre voisine, pensait-elle. Je ne sais pas ce qu'il pensera de ça. Mais ne dit-on pas souvent que : "L'homme qui veut conquérir une femme est séparé d'elle par une haute montagne tandis que seule une mince feuille de papier empêche la femme de séduire un homme." Profitons de ce que le ciel ne soit pas encore éclairé et que ma maîtresse dorme toujours pour connaître le plaisir avec lui. N'est-ce pas merveilleux ! » Alors elle enfila sa culotte et se rendit sans bruit jusqu'à la chambre voisine. Elle se rendit vite compte que si la porte était bien fermée, un des vantaux de la fenêtre était ouvert. Elle y passa la tête et jeta un coup d'œil à l'intérieur. Li le Bienheureux était couché sur le dos, complètement nu, avec dressée cette chose de quatre ou cinq pouces de long. Il était là à dormir à poings fermés. Quand elle le vit ainsi, elle ne put s'empêcher d'être agitée par les pensées printanières. Le feu du désir l'embrasa. Elle regarda alentour, il n'y avait personne. Elle sauta par la fenêtre et pénétra dans la chambre. Après avoir pris le soin de refermer la fenêtre, elle enleva sa culotte grimpa sur le lit et chevaucha le corps de Li le Bienheureux. Elle se saisit tout d'abord de « la tête de sa tortue » qu'elle pressa contre la porte de sa vallée et s'assit. Elle se l'était déjà enfoncée de moitié. Or, la petite servante ne connaissait pas encore l'affaire des hommes et ne put éviter un certain nombre de désagréments. Mais comme son désir avait été soudain et qu'elle avait été excitée tout au long de la nuit par l'affaire de ses maîtres, il se fit que la porte de sa vallée était passablement envahie par les sécrétions. Elle ne ressentit donc pas de douleur au début, et doucement, doucement, elle se mit à frotter vers le bas et peu à peu enveloppa le membre jusqu'à la racine. Li le Bienheureux rêvait et ressentait du plaisir. Quand il se réveilla, il vit que la servante des appartements privés était là à le chevaucher et il lui demanda vivement :

— Mais, grande sœur, d'où viens-tu donc ? Seraije un homme à bonnes fortunes !

Lorsqu'elle vit Li se réveiller et l'interroger, on eût

dit une vierge effarouchée. Elle piqua un fard et descendit en voulant s'enfuir. Li le Bienheureux se leva et la retint d'une main :

— Mais, dis-moi qui t'as donc dit de venir ?

Et comme elle voulait fuir sans répondre, il l'appuya sur le bord du lit et dirigea son membre de jade vers l'entrée de sa vallée. Il la pénétra et se mit à l'ouvrage avec frénésie sans s'occuper de rien, sans savoir s'il faisait du bien ou du mal. Il pilonnait droit vers l'intérieur et, d'un souffle, tira cent ou deux cents fois. La petite servante ne le supporta bientôt plus, elle le pria avec insistance :

— Frère aîné, va un peu plus doucement, la douleur que je ressens est si terrible.

Li charmé par cette aimable imploration, tira et poussa moins vite. Mais tout de suite après, le feu du désir devait l'embraser à nouveau. Il se tenait le corps raide et derechef droit vers l'intérieur pilonna dans les bruits incessants de l'amour. La servante ne cessait de le supplier. Li le Bienheureux dressa alors son membre de jade droit vers l'intérieur, il atteignit le sommet « de la fleur de son cœur ». Il tira et poussa plusieurs dizaines de fois encore avant de finalement émettre sa semence. Il se retira dans le bruit significatif que fait le membre de jade au sortir de la vallée et vit le sang couler sous la petite servante. Le jour était déjà levé. Li le Bienheureux, voyant qu'elle ne pouvait plus bouger l'interrogea avec de l'inquiétude dans la voix :

— A quelle heure es-tu arrivée ? et comment es-tu arrivée dans ma chambre ?

La servante lui conta par le menu ce qu'elle avait entendu par la fenêtre au cours de la nuit. Et comme elle parlait, le désir à nouveau remua Li. Il voulut combattre derechef, mais la petite servante l'en dissuada :

— Je n'en peux plus, lui dit-elle, sinon je mourrais. Mets-moi vite mes vêtements.

Et Li le Bienheureux n'osa la contraindre. Il la souleva et lui enfila sa culotte. Quand elle voulut bouger, l'intérieur de sa vallée lui faisait aussi mal que si une lame s'y était glissée. Et elle dut s'allonger à nouveau. Li n'était pas encore habillé que le garçon de la bibliothèque l'appelait :

— Li... Li...

Mais ce dernier ne répondait pas. Le garçon s'avança alors vers la fenêtre et dit :

— Grand frère Li, tu dors encore à cette heure-ci ? Tu n'es pas encore levé ! Le maître t'attend dans le pavillon aux pivoines pour te dire un mot.

Li sortit en courant et voulut fermer la porte à clé. Mais le garçon avait déjà jeté un coup d'œil à l'intérieur de la chambre et aperçu la petite servante qui dormait nue.

— Eh bien ! la bonne affaire que voilà, n'est-ce pas ? une si savoureuse petite pêche ! Dire que j'étais là à t'appeler et que tu étais en train de la goûter !

— Mon bon frère, lui enjoignit Li, n'en dis rien à personne !

Les deux hommes se rendirent auprès de leur maître et lui demandèrent ce qu'ils pouvaient faire pour lui être utile. Wuchen dit :

— Toutes les pivoines sont flétries. Je t'ai fait appeler, Li, pour que tu viennes les arroser [1].

---

1. La pivoine est une des images les plus courantes pour désigner le sexe de la femme ; il est ironique de songer que Wuchen demande à son serviteur d'arroser les pivoines juste après ses relations avec la jeune servante.

Pourquoi n'es-tu pas venu plus tôt ?

— J'ai eu du mal à me lever, répondit Li.

— Tu n'es qu'un chien ! répliqua Wuchen.

Et que Li le Bienheureux s'employa ensuite à arroser les pivoines, il n'est peut-être pas utile de le mentionner. La petite servante, elle, dormit encore deux heures. Sa douleur s'atténuant un peu, elle réussit à se lever et pas après pas quitta la chambre. Elle retourna dans sa chambre pour s'habiller et s'en alla servir sa maîtresse. Mais déjà Yunxiang l'appelait depuis le pavillon aux pivoines. La petite servante arriva prête à affronter sa maîtresse.

— Où es-tu allée, petite dévergondée, l'interpella-t-elle, je t'appelle depuis une heure !

A ces mots, la petite servante ne put empêcher le rouge de lui monter aux joues.

— Je me lavais les mains, répondit-elle.

Yunxiang voyait bien que son visage empourpré cachait quelque chose, aussi lui demanda-t-elle de la suivre. La servante souffrait terriblement. Même se tenir debout lui était difficile et bien qu'elle se forçât à marcher, elle ne pouvait pas bouger. Yunxiang la releva et lui donna une gifle en pleine figure :

— Mais dis-moi donc ce que tu as fait et je ne te dirais rien.

— Mais, je vous assure, j'étais aux toilettes.

— Et pourquoi ces manières pour marcher ? lui rétorqua Yunxiang.

— Il y avait un morceau de brique, j'ai buté dessus et je me suis blessée au pied.

Yunxiang ne consentit absolument pas à la croire et voulut la battre à nouveau. Voyant qu'elle ne pouvait plus dissimuler, la servante se mit à genoux et lui dit qu'en fait elle s'était rendue dans la chambre de Li le Bienheureux.

— Et, pour y faire quoi ? interrogea sa maîtresse.

Elle lui avoua la vérité ; sa maîtresse que la colère abandonnait peu à peu, poursuivit en riant et en l'injuriant à la fois :

— Petite dévergondée ! toi qui étais hier encore une fleur en bouton. Comment as-tu supporté que cette abeille galante vienne te butiner ? Eh bien, je vais en parler à ton maître et te donner Li le Bienheureux comme époux. Qu'en penses-tu ?

La suivante se prosterna face contre terre :

— Il est difficile de trouver une maîtresse aussi généreuse que vous, madame, et je vous remercie de vos bienfaits.

Si vous vous demandez tous pourquoi la colère avait si vite abandonné Yunxiang, eh bien, sachez que c'était parce que la dame était foncièrement frivole et qu'elle pensait que si un jour prochain elle était compromise dans une aventure galante, sa servante n'oserait plus la trahir auprès de son époux. Voilà donc pourquoi elle s'était montrée aussi généreuse. Mais laissons là ces intentions malignes.

Yunxiang conduisit donc la servante à l'intérieur du pavillon ; elle vit Wunchen auquel elle raconta toute l'histoire ; lui aussi partit d'un grand éclat de rire.

— Ma suivante n'a pas encore de mari, dit-elle, et Li le Bienheureux n'a pas de foyer encore. Pourquoi ne pas les marier ?

— C'est tout à fait possible, répondit Wuchen qui, sur-le-champ, fit appeler Li :

— Alors, chien ! tu en as fait de belles ! je devais te corriger d'importance, mais après tout, tu es une vieille connaissance ! Et si tu es capable de reconnaître ta faute, je ne te dirais rien !

— Je la reconnais, répondit Li, et Wuchen poursuivit :

— Ta maîtresse te donne sa jeune servante pour épouse. Vite, dépêche-toi de te prosterner devant elle pour la remercier de ses bonnes grâces !

Alors les deux serviteurs se prosternèrent ensemble face contre terre vers leurs maîtres. Et qu'ensuite ils vécurent en mari et femme, il n'est pas même utile d'en parler.

Et si nous reparlions un peu de Fleur de Lotus, l'ancienne servante de la dame Xia. On sait qu'elle avait échappé aux soldats du roi de Chu, en s'enfuyant par le parc.

Haletante et couverte de sueur, il lui fut bientôt difficile d'avancer. Dans un village, elle se réjouit de se retrouver devant une grande porte. Elle s'assit sur les marches pour souffler un peu. Et alors, ce fut vraiment comme le dit le proverbe :

Mille lis de distance ne sont rien à ceux qui se doivent rencontrer
Même si on est face à face pas de vraie rencontre sans la destinée !

La porte devant laquelle elle était assise était celle de la résidence de la famille Luo. Le vieux père s'appelait Luo Yan ou Luo l'Eminent. Riche propriétaire, il avait au fond une excellente nature, mais était si pingre qu'il « n'aurait pas arraché un seul de ses poils pour sauver quelqu'un »[2], Aussi les gens l'appelaient-ils Luo la Vieille Carne. A plus de quarante ans il eut un fils que l'on nomma Ai Ji, Amour Fortuit. Les deux vieux époux aimaient leur fils comme s'il était un précieux trésor. Celui-ci avait alors dix-huit ans. Il n'aimait pas l'étude et traînait du matin au soir de bordels en tripots. Si bien que personne n'avait jamais parlé mariage pour lui. Luo la Vieille Carne le pourrissait, le laissant faire ce qui bon lui semblait. Amour Fortuit était donc, ce jour-là, sur le point de sortir quand il aperçut Fleur de Lotus assise sur le pas de la porte. Il se haussa sur la pointe des pieds pour l'examiner en détail et estima qu'elle devait avoir une trentaine d'années. Il trouva aussi son visage frais et sa personne séduisante, ses « lotus d'or » n'avaient que trois pouces de long. Comme elle lui semblait épuisée, il se douta bien qu'elle venait de loin. Il lui demanda alors son nom et le nom de son village. Fleur de Lotus réfléchit un instant. « Je ne peux pas lui dire mon véritable nom ! » pensait-elle. Elle lui répondit alors :

— Ma belle-famille s'appelle Zhang et mon mari Zhang Ren. Elle habite au village de Xu à cinq cents *li* d'ici. La foudre a causé un incendie qui a encerclé la maison et tous ont péri brûlés. Je suis la seule qui ai pu m'enfuir. Je veux retourner dans ma famille. Mais je me suis égarée en chemin. Voilà pourquoi

2. L'expression est tirée du *Mengzi,* ouvrage du philosophe Mengzi (372-289), chapitre Jinxin, VII ; elle qualifiait le maître taoïste Yang Chou du IVe siècle avant notre ère : « S'il avait pu secourir le monde en donnant un poil de son corps, il ne l'aurait pas fait. » Si l'égoïsme porté à son comble avait valeur philosophique chez Yang Chou, il est à prendre ici dans son sens courant.

je suis là devant votre honorable résidence. Je vais prendre un peu de repos et continuer ma route.

— Et où se trouve votre famille ?

— A Jingzhou[3], répondit-elle.

— C'est trop loin, dit Ai Ji, vous allez vous reposer deux jours chez nous et je ferais préparer une voiture à âne pour vous y conduire.

— Nous ne sommes ni amis ni parents, comment pourrais-je accepter votre hospitalité ?

— Secourir quelqu'un dans le dénuement le plus extrême n'est-il pas toujours un bienfait ? pourquoi refuser alors ?

Fleur de Lotus s'était rendue compte de l'intérêt qu'il lui portait, aussi continua-t-elle pendant un moment à refuser son hospitalité. Amour Fortuit la força à entrer. Arrivé dans sa bibliothèque, il demanda en cachette à ses parents de se procurer vins et nourriture. Et il se restaura en sa compagnie. Le soir venu, Fleur de Lotus fit semblant de vouloir prendre congé. Ai Ji l'en empêcha :

— Tu manges sans bourse délier et tu ne me donnes rien en échange !

Il la prit alors dans ses bras pour la porter sur le lit. Il lui défit ses vêtements. Et ils firent « nuages et pluie ». Fleur de Lotus était une combattante aussi hardie qu'expérimentée. Ils luttèrent tous les deux, lance contre sabre, jusqu'au moment où le jour s'éclaira. Et ce fut ainsi qu'elle demeura plusieurs jours chez les Luo. Les vieux parents étaient au courant de la chose, mais à bien l'examiner, ils ne savaient qu'y faire. Et comme ils se rendirent vite

3. Jingzhou était une des villes principales du royaume de Chu lequel portait aussi le nom de Jingchu.

compte que Fleur de Lotus était vraiment une charmante personne, ils la considérèrent bientôt comme leur belle-fille. Ils ordonnèrent aux deux amants de prendre le ciel et la terre à témoin et ils furent mariés. Ils vécurent ainsi un peu plus d'une année.

Le malheur s'abattit sur la famille en la personne de six ou sept brigands qui s'emparèrent une nuit de Luo Yan. Ils allumèrent une torche faite de chaumes à laquelle ils étaient prêts à mettre le feu et demandèrent au vieux de dire où était son argent. Or, Luo Yan était de ceux qui, par nature, préfèrent renoncer à la vie plutôt que de renoncer aux richesses. Il cria à son épouse :

— Même s'ils me brûlent vif, ne dis pas où est l'argent.

Et celle-ci répondit :

— Très bien !

Quand les brigands entendirent cela, ils entrèrent dans une colère si violente que l'un d'eux trancha le vieux en deux avant de s'avancer pour faire de même avec son épouse.

Et si vous ne savez pas ce qui lui advint, eh bien, écoutez les explications du chapitre qui vient.

CHAPITRE TREIZIÈME

Grâce au ciel la servante retrouve son ancienne maîtresse et toutes deux, comme des sœurs, partagent noblesse et richesses.

Ainsi donc, les brigands avaient tué Luo Yan. Et ils tuèrent aussi son épouse. Ils coururent jusqu'aux appartements d'Ai Ji, dont ils ouvrirent la porte d'un coup de sabre. En entrant, ils découvrirent les deux jeunes époux endormis. L'un d'eux se saisit d'Ai Ji et lui demanda :

— Vite, dis-nous où est l'argent et nous te ferons grâce.

Ai Ji fut si épouvanté qu'il ne put ouvrir la bouche, et le brigand pensa qu'il ne voulait pas parler. Il lui donna un coup de couteau qui lui fut fatal. En voyant son mari inanimé, Fleur de Lotus fut terrorisée, elle se maîtrisa pourtant et leur dit avec audace :

— Je sais où il est, moi, l'argent.

— Et où ça ?

— Tout à côté de l'escalier.

Ils lui demandèrent de les conduire. Fleur de Lotus était alors complètement nue ; elle jeta une couverture de soierie sur ses épaules, mais dans sa précipitation, on avait entraperçu la porte si blanche de son yin ; elle n'en avait cure. Elle courut jusqu'à l'étage et leur indiqua la jarre qui était cachée sous l'escalier. Les voleurs l'ouvrirent et découvrirent les lingots d'argent, blancs et brillants comme la neige. Ils emportèrent la jarre sur leurs épaules et s'en furent. Voyant qu'ils étaient enfin partis, Fleur de Lotus retourna dans sa chambre, s'habilla et se mit à pousser de grands cris. Tous les voisins arrivèrent chez les Luo en courant. Ils virent bientôt que des quatre personnes qui composaient la famille il n'en restait plus qu'une qui ne cessait de pleurer et de gémir. Tous l'interrogèrent avec empressement :

— Petite dame, dites-nous comment cela s'est passé.

— Une bande de brigands, répondit-elle, est venue cette nuit. Ils ont emporté notre argent et tué les membres de ma belle-famille.

Elle les conduisit ensuite voir les cadavres. Fleur de Lotus avait « la bouche sucrée » et tous l'aimaient pour ses agréables paroles. Ils la consolèrent en lui disant :

— Ne craignez rien, nous allons vous faire rendre justice.

Ils informèrent les autorités locales des événements survenus cette nuit-là. Le fonctionnaire de l'endroit chargé de l'enquête vint en personne examiner la situation. Et il donna l'ordre à Fleur de Lotus de préparer les cercueils et de faire mettre en bière les trois Luo. Tous les voisins l'assistèrent. Et quand tout fut terminé, les autorités envoyèrent un commissaire à la recherche des bandits. Et qu'il s'employa à sa tâche avec diligence, nul besoin de le préciser.

Fleur de Lotus veilla désormais seule sur la maison et sentait la solitude peu à peu l'envahir. La nuit, elle entendait des fantômes l'appeler ce qui la terrorisait toujours plus. Un jour qu'elle se tenait devant la porte, elle vit un voyageur qui était assis là. Voyant qu'elle allait sortir, il se leva et lui dit :

— J'ai terriblement soif. Voudriez-vous me donner un peu d'eau ?

Fleur de Lotus ordonna que l'on aille lui préparer du thé et lui demanda où il se rendait.

— J'appartiens à la maison de Wuchen, duc Shen, du royaume de Jin, répondit-il, il m'a envoyé dans l'Etat de Wu porter une lettre à son fils.

— Mais, dit-elle, autrefois dans le royaume de Chu, il y avait un dénommé Qu Wu, duc Shen également. Comment se peut-il qu'il y en ait aussi un au royaume de Jin ?

— Qu Wu, expliqua-t-il, est le Wuchen en question.

— Mais si c'est lui, comment se fait-il qu'il se soit rendu à Jin ?

— Vous ne le savez pas, madame, mais il s'est marié dans le plus grand secret avec la dame Xia, et c'est pourquoi il n'est jamais retourné à Chu et qu'il s'est installé à Jin.

Fleur de Lotus le pressa à nouveau de question au sujet de cette dame Xia. Quand il lui répondit qu'elle était la mère de Xia Zhengshu, Fleur de Lotus fut terriblement émue et elle lui demanda :

— Comment se porte cette dame ?

— Ma maîtresse, répondit-il, est aujourd'hui encore en parfaite santé.

Comme ils parlaient, une servante apporta du

thé. L'homme le but et se confondit en remerciements. Puis il voulut se lever pour partir.

— Etes-vous sur le point de vous rendre à Wu ou bien en revenez-vous ? lui demanda-t-elle.

— J'en reviens.

— Je suis l'ancienne servante de votre maîtresse. Et je l'ai cherchée pendant bien longtemps sans pouvoir la retrouver. Me permettriez-vous de partir avec vous aujourd'hui ?

— Mais bien entendu, répondit-il.

Fleur de Lotus rassembla alors ses effets précieux, les mit en ordre et les fit charger dans une grande voiture. Puis elle se mit en route en compagnie du garde du corps de Qu Wu. Elle lui demanda son nom.

— J'ai pour nom Gao et pour prénom Qiang, répondit-il, pouvez-vous me dire pourquoi vous êtes seule à présent ?

Elle lui raconta alors par le menu ses malheurs passés et il ne manqua pas de la plaindre grandement. Ils étaient partis à l'aurore et ne se reposèrent que quand la nuit fut venue. Et au bout de quelques jours, ils arrivèrent à Jin. La voiture de Fleur de Lotus entra dans la résidence du duc Shen. En revoyant sa maîtresse, Fleur de Lotus laissa libre cours à ses pleurs. Yunxiang l'interrogea alors sur ce qui lui était arrivé au cours de ces années de séparation. Fleur de Lotus ne lui épargna aucun détail, et sa maîtresse ne put empêcher les larmes de lui inonder le visage. Yunxiang donna l'ordre ensuite de décharger la voiture et de transporter les effets dans la maison. Après avoir prié Fleur de Lotus de la servir comme autrefois, elle lui demanda d'aller saluer son mari. Celui-ci l'interrogea à son tour sur les circonstances de son retour, et ce fut Yunxiang qui les lui exposa. Et comme tous les autres, Wuchen se lamenta sur le sort de Fleur de Lotus.

Le soir venu comme Wuchen buvait avec son épouse et que la servante se tenait debout à leurs côtés, il la regarda. Son visage était loin d'être défleuri, et il lui vint l'idée de « l'accueillir ». Il dit à Yunxiang :

— Le mari de Fleur de Lotus est mort et je désire lui en donner un nouveau, qu'en pensez-vous ?

— Très bien, lui répondit-elle.

— Seriez-vous d'accord pour que je sois ce nouvel époux ?

Yunxiang appela alors Fleur de Lotus pour qu'elle se prosterne devant Wuchen. Obéissante, celle-ci présenta ses salutations à son maître et salua également sa maîtresse. Yunxiang la releva et lui dit :

— Désormais, nous ne devons plus nous considérer comme une maîtresse et sa servante mais nous appeler « sœurs » tout simplement.

Elle invita Fleur de Lotus à s'asseoir auprès d'eux, et ils burent tous les trois à cœur joie. Ils burent jusqu'au moment où passablement émoustillé par la boisson, Wuchen décida de pénétrer sous les tentures en compagnie des deux dames.

— Cette nuit, déclara-t-il, nous allons nous divertir au grand jour.

Chacun enleva ses vêtements. Wuchen prit une bougie sur la table, qu'il tendit à Yunxiang. A la lumière de la bougie, la vallée de Fleur de Lotus lui apparut ; elle était très blanche et recouverte d'un très léger duvet. Que cette vision animât grandement son désir, il n'est peut-être pas utile de l'analyser. Il porta Fleur de Lotus dans ses bras et la renversa. Il posa les deux pieds de la jeune femme sur ses épaules et la chevaucha. Sa lance bien droite la pénétra sans coup férir. Yunxiang, la bougie à la main, prenait plaisir à contempler la scène. Fleur de Lotus tendait sa poitrine ferme qui se soulevait doucement ; ses beaux yeux demeuraient mi-clos, et ses bras couleur de poudre étaient posés à l'horizontale tandis que sa taille oscillait. Comme s'il eût été le vent dans les branches d'un saule, il jouait avec elle ; il usait si bien de ses talents naturels qu'elle n'arrêta bientôt plus de haleter pour que ce bonheur ne cesse. Yunxiang regardait depuis un bon moment déjà et inévitablement elle fut agitée de pensées printanières. Dans son être intime, on eût dit qu'un insecte l'avait piquée et la dévorait. Elle serrait, serrait les jambes, rien n'y fit. Elle étendit la main vers Wuchen qu'elle pinça.

Voyant qu'elle était suffisamment excitée, celui-ci s'activa avec une intensité violente pendant un certain moment encore avant de lâcher Fleur de Lotus. Il prit alors la bougie des mains de Yunxiang pour la donner à Fleur de Lotus. Il renversa Yunxiang et leva haut ses « lotus d'or » pour éclairer cette fente pareille à une mince feuille de thé. Il redressa son membre viril qu'il poussa vers l'intérieur dans un bruit sec. Il venait à peine de la pénétrer que déjà il atteignait « le cœur de sa fleur » ; il frottait avec force, tirait léger et envoyait profond. Soudainement, il tombait et brusquement, il se relevait. C'était tellement délicieux que l'eau en vint à la bouche de Yunxiang. Ses beaux yeux étaient plein d'un désir intense, ses épaules de jade s'étendaient et se déployaient. A la lumière de la bougie, son corps apparaissait d'une extrême délicatesse. Wuchen était complètement excité, son intérêt à la chose redoubla. Il pressa alors la pointe de ses seins qui étaient aussi onctueux que du riz glutineux. Il souleva ses « lotus d'or » qu'il se plut à contempler. Petits à l'envi, ils étaient recouverts de minuscules chaussures brodées. Il caressa du doigt la porte de son yin qui était si serrée à nouveau que pas même un cheveu ne pouvait y pénétrer. Merveille que les mots ne peuvent dire ! Maintenant, sa nuque couleur de poudre, il continua à en forcer l'entrée à plusieurs reprises. Puis il se pencha sur elle et visage contre visage, il lui envoya la pointe de sa langue. Yunxiang la suça et la suça, et elle lui rendit la pareille. Ils s'embrassèrent ainsi pendant un moment. Puis il demanda à Fleur de Lotus de poser la bougie et de monter sur le lit. Il l'attira vers lui et ficha son membre de jade dans sa vallée. Il effectua plus d'une centaine de va-et-vient, entre cent dix et cent vingt, s'il nous faut être plus précis.

Wuchen qui mettait en pratique « l'art de raffiner son essence vitale » ne devait pas émettre de semence de la nuit. Yunxiang, elle, « recueillait les fruits de la bataille » et ne sentit pas la fatigue. Fleur de Lotus avait combattu, elle aussi autrefois, de farouches ennemis ; or, depuis la mort de son mari, un peu plus d'un mois s'était écoulé, aussi ne laissa-t-elle pas prise à l'épuisement pour profiter de cette aubaine. Ceci explique pourquoi le lendemain, vers l'heure de midi, nos trois personnages étaient encore là à se réjouir. Enfin, une petite servante les appela. Chacun se leva et fit sa toilette. Wuchen sortit. Yunxiang demanda aux cuisines que l'on prépare un banquet pour fêter le retour de Fleur de Lotus. Soudain, au-dessus du linteau de la porte, elle vit voler un couple d'hirondelles, et il lui sembla qu'elles fêtaient, elles aussi, d'heureuses retrouvailles. « Petite sœur, dit-elle à Fleur de Lotus, regarde ces hirondelles, écoute leur gazouillis. Nous avons négligé la poésie depuis bien longtemps. Si nous écrivions un poème maintenant ?

— Oui, mais c'est vous qui commencez, sœur aînée, lui répondit Fleur de Lotus.

Yunxiang prit un pinceau et écrivit :

Autour du linteau l'hirondelle vole solitaire depuis si longtemps !
Mais voilà que l'aronde pourpre sous les tentures retrouve son nid d'antan.
La maîtresse a gardé en son cœur l'ancienne amitié
Sur les malheurs des années passées se mettent à gazouiller.
Tourbillonner en vain et bonheur de se retrouver.
Attendre la fin de l'automne comme le voyageur qui part
Espérer que l'année à venir jamais plus ne les sépare.

Fleur de Lotus adressa des louanges incessantes à Yunxiang et prit le pinceau à son tour :

Loriot au coucher du soleil au-dessus des fleurs
Ombre tardive de l'oiseau qui au printemps revient
Si la maîtresse désire renouer les liens anciens
Laissez-le connaître de son piètre destin cette nouvelle heure
Ah jeunesse d'antan à voler de par les lieux parfumés !
Quant à pénétrer sous les tentures vint l'instant
Soir de la troisième lune moment le plus plaisant
Et à mots couverts se dire tout ce qui s'est passé.

Quand elle eût terminé, Yunxiang prit le poème pour le lire.

— Oh ! petite sœur, comme ta pensée est profonde et difficile à pénétrer...

Elles en étaient à se célébrer ainsi lorsqu'elles virent le garçon de la bibliothèque arriver en courant pour leur annoncer :

— La dix-huitième princesse de Jin vous invite demain à un banquet et attend votre réponse.

Et si vous désirez connaître la réponse de Yunxiang, eh bien, prêtez l'oreille aux explications du chapitre qui vient.

CHAPITRE QUATORZIÈME

Yunxiang parle de ses aventures galantes chez son amie et la belle dame d'un rendez-vous secret a envie

Yunxiang et Fleur de Lotus se félicitaient mutuellement de leurs poèmes quand on vit le garçon de la bibliothèque arriver en courant près d'elle. Il tenait à la main une carte d'invitation et leur dit :

— La princesse vous invite demain.

— Eh bien, répondit Yunxiang, tu lui diras que je viendrai.

Et nous laisserons le garçon apporter la réponse de sa maîtresse.

— Qui est donc cette dix-huitième princesse ? demanda Fleur de Lotus.

— C'est la sœur cadette du roi de Jin ; elle est mariée avec un dénommé Luan Shu. Comme je l'ai invitée hier, elle me prie de lui rendre visite. T'y rendras-tu avec moi ?

Fleur de Lotus acquiesça.

Le lendemain, les deux femmes se levèrent et firent toilette. Elles étaient pareilles à des immortelles du ciel. Quand elles arrivèrent en ville dans leurs palanquins qui en fait étaient découverts, ce fut une belle agitation. Tout le voisinage était là, qui à se bousculer pour les mieux apercevoir, qui à faire l'éloge de leur beauté. Les deux dames étaient ravies. Peu de temps après, elles atteignirent la résidence des Luan. La princesse vint à leur rencontre ; elle avait un visage aux joues couleur de la pêche et une toilette qui mettait en valeur son corps lisse et poli comme le jade. Elles entrèrent dans la résidence, et quand elles eurent pénétré dans les appartements privés, Yunxiang et sa compagne remercièrent la princesse de sa gracieuse invitation :

— Quel honneur pour nous d'être reçues chez vous, madame, et nous ne vous apportons que du dérangement.

Et, l'une contre l'autre, elles la saluèrent à quatre reprises. La princesse leur rendit leurs salutations avec empressement.

— Comment osez-vous parler de dérangement, dit-elle, alors que je vous reçois si simplement ?

La maîtresse de maison et ses invitées s'assirent ensuite chacune à leur place. La princesse demanda à Yunxiang en désignant Fleur de Lotus :

— Sœur aînée, qui est cette personne ?

— C'est Fleur de Lotus, ma petite sœur qui est arrivée chez moi hier seulement.

— Je ne savais pas qu'il s'agissait de votre honorable sœur, vous m'excuserez de ne pas l'avoir accueillie comme il l'aurait fallu, dit-elle.

Puis elle ordonna à ses servantes d'offrir du thé à ses invitées. Elle les conduisit ensuite se promener dans le parc. Les fleurs alors rivalisaient de beauté et les oiseaux par milliers chantaient. Au milieu de ce merveilleux parc, il y avait un pavillon aux balustrades richement ornementées. Il était meublé d'une table dite « des huit immortels »[1] et de quatre sièges. Les dames y pénétrèrent. Nous étions alors une de ces douces journées de printemps qu'embaumait une brise légère. L'éclat des fleurs éblouissait les yeux et les verdures semblaient un tapis de brocart.

— Mes chères sœurs, dit la princesse, écrivez-vous parfois des poèmes ?

Elles répondirent si peu savoir qu'elles n'avaient pas osé en parler les premières. La princesse fut ravie de cette réponse.

Elle donna ordre à une servante de sortir pinceaux et pierres à encre et leur dit :

— Que chacune de nous compose un poème pour augmenter encore la splendeur du jardin fleuri où nous sommes. Vous manifestez trop d'indulgence pour nos vers maladroits, dirent-elles.

— Mes chères sœurs aînées, je vous prie de commencer.

— Non, c'est à vous de commencer, princesse, répondit Yunxiang, vos stupides cadettes ne peuvent à l'instant que composer des vers détestables.

— Je n'en ferai rien, rétorqua la princesse.

Yunxiang céda alors avec modestie et écrivit le poème suivant :

Ah ! l'âge de fleur quand à tous on plaît !
Jardin du Sud vert était et rouge devient
Le cœur est comme ivre, on va où l'on sait
Oiseaux du sentier qui vers l'autre revient.

---

1. Table dite des « huit immortels », souvent haute et carrée, ce type de table pouvait comporter ou non comme décor les effigies des huit immortels taoïstes, ces figures de la légende taoïste que l'on voit représentés sur d'innombrables objets. Sur les huit immortels et leur légende, voir J. Dars, *Au bord de l'eau,* vol. II, p. 1196-1200.

Puis ce fut le tour de Fleur de Lotus :

A sa guise au printemps vouloir flâner un moment
L'affaire fleurie c'est là qu'elle nous conduit
Sans savoir avancer sur le sentier parfumé
Où de fastes oiseaux se répondent en écho.

La princesse lut les deux poèmes et dit en frappant des mains :

— Vos poèmes se distinguent entre tous. Votre cadette s'incline avec respect devant l'élégance de vos manières.

— Comment ces vers grossiers peuvent-ils mériter vos louanges ? dirent-elles, c'est à vous qu'il appartient de nous enseigner comment écarter les mauvaises herbes qui obstruent notre chemin.

La princesse écrivit un poème qui disait :

Jour tiède où les fleurs cité de brocart
Rouges, si rouges que nul ne les sépare
Où est l'oiseau qui chante et qui se tait
A l'ombre de la fleur pure, il se plaît.

Puis elle tendit la feuille à Yunxiang, et ses deux invitées ne cessèrent de la féliciter. La princesse ordonna ensuite que l'on dispose un banquet. Et elle les interrogea sur leurs heure, jour et année de naissance :

— J'ai, cette année, cinquante-quatre ans, dit Yunxiang.

— Et moi, quarante-huit, ajouta Fleur de Lotus.

— Quant à moi, dit la princesse, j'aurai vingt et un ans bientôt, et voyez comme l'expression de mon visage a déjà perdu de sa fraîcheur. Jamais je n'aurais pensé que vous aviez quarante-huit ans,

Fleur de Lotus, je vous donnais vingt-sept ou vingt-huit ans ; et il me semble à moi que notre sœur Yunxiang a l'apparence d'une jeune fille de seize ou dix-sept ans. Quel moyen avez-vous donc pour conserver votre jeunesse ? voulez-vous bien me le dire ?

Enhardie par le vin et comprenant qu'elle pouvait ouvrir son cœur à la princesse, Yunxiang répondit avec cependant un peu de timidité dans la voix :

— Voyez-vous, quand j'étais encore une jeune fille, j'ai rêvé d'un immortel qui se donnait le nom de Libre Errance. Nous avons eu des relations amoureuses et il m'a enseignée « l'art de la fille de Candeur pour recueillir les fruits de la bataille ». Et depuis, je m'approprie l'essence virile de mon partenaire, ce qui en secret accroît ma vitalité. Voilà pourquoi j'ai gardé la fleur de mon teint et que bannissant la vieillesse, je retrouve toujours la jeunesse.

— Mais, répondit la princesse, si vous agissez ainsi, les hommes en subissent dommage. Comment se fait-il alors que le dignitaire Wu votre époux soit aussi fort et aussi robuste ?

— Lui aussi possède une méthode, dit Yunxiang en riant, et c'est pourquoi il ne pâtit de rien.

Et elle se tut. Le cœur de la princesse la démangeait si fort d'en savoir plus qu'elle congédia ses serviteurs et poursuivit :

— Et quelle est donc la méthode de votre époux ? dites-la-moi vite !

— Il a rencontré autrefois un taoïste qui lui a enseigné la méthode de Pengzu pour affiner l'essence vitale. C'est ce qui lui permet au cours d'une même nuit de s'activer avec dix femmes sans que sa semence ne s'écoule.

— Parlez-moi un peu à présent de Fleur de Lotus.

— Elle a été longtemps ma servante, lui répondit Yunxiang, quand le roi de Chu m'a enlevée, elle s'est enfuie. Elle a été recueillie par une famille puissante et est devenue l'épouse du fils de cette maison. Toute la famille fut peu après anéantie, et c'est hier seulement qu'elle m'est revenue. Mais à peine était-elle arrivée que mon mari l'a...

Comme Yunxiang se taisait, la princesse l'invita à poursuivre :

— L'a... quoi ? parlez donc, il n'y a personne ici pour vous entendre.

Yunxiang lui répondit alors en riant :

— Eh bien, il l'a séduite, nous sommes sœurs désormais !

Ces propos troublèrent si fort la princesse que de sa vallée les sécrétions coulaient, goutte à goutte.

— Et si vous me racontiez ce qui s'est passé la nuit dernière, demanda-t-elle à Yunxiang qui refusa d'en dire plus.

— Nous sommes trois femmes, intervint Fleur de Lotus, rien ne nous empêche de parler de cela. Laissez-moi le raconter à la princesse. Tout d'abord, poursuivit-elle, il m'a renversée sur le lit en priant ma sœur aînée de tenir une bougie pour qu'elle admire sa puissance de « va-et-vient ». Quand il eut joué avec moi un moment et que ma sœur fut animée d'un désir violent, il la renversa à son tour et me pria de tenir la bougie comme elle l'avait fait afin de voir comment il frottait et pilonnait.

Et ainsi par le menu, elle raconta tout à la princesse. Les humeurs intimes coulaient sans arrêt de la vallée de celle-ci ; elle se tourna vers Yunxiang et lui dit :

— Je ne savais pas que le dignitaire Wu possédait d'aussi grandes dispositions. Quels mérites avez-vous donc accumulés pour pouvoir en cette vie jouir de ses compétences ?

— Et le savoir-faire en la matière du dignitaire Luan, votre époux, quel est-il ? demanda Yunxiang.

— Eh bien, voyez-vous, au bout de seulement deux heures, il émet sa semence.

Là-dessus, elle se pencha vers Yunxiang et lui dit à l'oreille :

— A vous entendre parler ainsi, me voilà toute troublée ! Pourriez-vous un jour me présenter à votre mari pour que je le rencontre une fois au moins ? Sauf bien sûr, si vous y voyiez difficulté.

— Ne vous inquiétez pas, princesse, répondit Yunxiang, je ne suis nullement jalouse. Je vous enverrai un jour prochain une carte d'invitation vous demandant de demeurer plusieurs jours chez moi. Et vous pourrez à ce moment-là avoir l'entrevue que vous désirez avec mon époux.

— Très bien, dit la princesse, je mets toute ma confiance en vous, ma chère sœur aînée, pour arranger la chose !

Un moment après, on apporta de la cuisine des plats remarquables, produits des montagnes et des mers, qui couvrirent la table en un instant. Après le banquet pris en la compagnie de la princesse, les deux invitées sortirent du pavillon pour aller admirer les fleurs.

Nous savons par ailleurs que l'époux de la princesse, le dénommé Luan Shu, s'était levé ce matin-là pour se rendre au palais. Il avait appris que son épouse avait invité Yunxiang et s'était laissé entraîner, après l'audience, par l'époux de cette dernière qui l'avait invité à déjeuner chez lui. Il venait juste de rentrer dans sa résidence, passablement éméché. Comme il marchait au bord de l'étang aux poissons d'or, il vit son épouse en la compagnie de ses deux invitées. S'il reconnut la femme de son ami Wuchen, il ne connaissait pas l'autre dame. Il demeura un moment à contempler la beauté de Yunxiang dont le visage avait la rondeur de la lune et le teint l'éclat de la fleur. Il pensait que les beautés d'antan, Xishi et Yang Guifei, ne pouvaient lui être comparées [2]. Si l'autre dame lui parut moins séduisante, elle n'en possédait pas moins charme et délicatesse. Il demeurait donc là, hébété par tant de beauté, au bord de l'étang. Comment aurait-il pu deviner qu'après avoir admiré les fleurs, les trois dames se rendraient au bord de l'étang pour voir les poissons d'or ? Quand il les vit arriver, il était déjà trop tard. Il ne put se sauver, Yunxiang l'avait déjà aperçu et lui demandait :

— Mais qui es-tu, toi, à nous espionner ainsi ?

Et si vous ne connaissez pas encore la réponse de Luan Shu, eh bien, prêtez l'oreille aux explications du chapitre qui vient.

---

2. Sur ces beautés de l'Antiquité, voir note 2, chapitre dixième.

CHAPITRE QUINZIÈME

Voilà un piège habile au poisson tendre l'hameçon
Et à l'échange galant se préparer le cœur content

Luan Shu se trouvait donc auprès de l'étang aux lotus quand il avait été un peu brutalement apostrophé par Yunxiang. Il fut si surpris qu'il ne trouva rien à répondre. La princesse intervint alors et dit à ses invitées :

— Je vous présente mon époux.

— Je suis confuse, répondit Yunxiang, je ne pensais pas qu'il s'agissait de votre honorable mari et ne me suis guère montrée aimable, veuillez m'en excuser et apaiser votre courroux.

Luan Shu se releva alors et demanda à la princesse :

— Mais n'est-ce pas là l'épouse de mon ami Wuchen ? Et qui est cette autre dame ?

— Oui, mon ami, voici votre belle-sœur Yunxiang et la seconde épouse du dignitaire Wuchen.

— Je ne savais pas, poursuivit-il, que mon ami connaissait les délices d'une seconde union. L'a-t-il épousée récemment ?

— Hier seulement, répondit Yunxiang dans un éclat de rire.

— Eh bien, si je l'avais appris plus tôt je me serais empressé d'aller partager avec lui le vin des nouveaux époux.

Et là-dessus, ils se rendirent dans le pavillon pour y bavarder un moment. Yunxiang voulut alors prendre congé. La princesse la retint avec insistance.

— Il n'y a personne chez moi, dit Yunxiang, je dois rentrer au plus tôt.

Et elle salua la princesse et s'inclina devant Luan Shu. Ce dernier, en lui rendant son salut avec empressement, la regarda bien en face. « Ses prunelles tournèrent » et il reçut en échange une œillade aussi plaisante que les vagues à l'automne. Et si d'aventure, vous vous demandiez pourquoi, eh bien ! nous dirions que si l'époux était âgé, le galant n'avait guère plus de vingt-trois ou vingt-quatre ans, qu'il avait les sourcils bien dessinés et le regard doux, et que sa personne, d'une manière générale, était totalement exempte de toute vulgarité. Voudriez-vous alors que le désir ne s'éveille ? Et non seulement il s'éveilla en Yunxiang, mais aussi en Fleur de Lotus, ce qu'il n'était peut-être pas nécessaire de préciser. Ils se considérèrent alors et se manifestèrent des intentions les plus galantes du monde. La princesse s'en rendit compte sur l'instant et sut bien à propos n'en rien montrer. Elle reconduisit ses deux invitées à l'extérieur de la résidence ; son époux la suivait et regardait discrètement les deux beautés qui s'en allaient. Ils échangèrent encore quelques œillades avant que les deux dames ne s'installent dans leur palanquin.

Quand elles furent parties, Luan Shu sembla perdu. Elles étaient loin déjà qu'il se trouvait encore là, sur le seuil de sa résidence, à regarder au loin, l'œil perdu dans le lointain. La princesse lui dit alors en riant :

— Nos belles invitées sont déjà loin !

Il ne l'entendit même pas. Elle répéta plus fort :

— Nos belles invitées sont déjà loin !

Quand il tourna la tête vers son épouse, on eût dit qu'il sortait d'un rêve.

— Rentrons, lui enjoignit sa femme et il la suivit parfaitement ahuri.

Le poème ne dit-il pas :

Ce n'est pas le vin qui rend ivre, c'est l'homme qui s'enivre !
Ce n'est pas le désir qui égare, c'est l'homme qui s'égare !
Voyez Luan Shu suivant du regard sa belle qui dans le monde n'a pas sa pareille.

Luan Shu ne reprit ses esprits que lorsqu'il fut rentré dans ses appartements.

— Je m'étais égaré, madame. Avez-vous jamais vu une beauté pareille ? Je comprends maintenant pourquoi Wuchen a usé de toutes les ressources de son esprit pour la séduire. Ah ! si je pouvais, moi Luan Shu, passer deux ou trois nuits avec elle, je serais le plus heureux des hommes et accepterais de mourir de bonne grâce.

Ces propos firent éclater de rire la princesse qui lui dit à l'oreille :

— Et si je connaissais, moi le moyen de vous la faire rencontrer ?

— Comment ! Parlez vite !

— Eh bien, voilà ! répondit-elle, ainsi... ainsi...

— Quel merveilleux stratagème ! Mais comment procéder ?

— Laissez-moi avant tout aller passer quelques jours dans leur résidence et nul ne soupçonnera rien.

Luan Shu désirait si fort Yunxiang qu'au fond le procédé ne l'ennuyait pas ; il dit simplement :

— Eh bien, voilà ! je porterai le chapeau vert !

Et ils rirent tous les deux. Comme ils devisaient ainsi, la nuit tomba. Le mari et la femme allèrent donc se reposer. Luan Shu défit ses vêtements et se coucha. La beauté de Yunxiang le poursuivait, le feu du désir l'embrasa. Son membre de jade était aussi ferme que s'il avait été en fer. Une fois son épouse couchée sur le dos, il ficha son membre de jade dans sa vallée et effectua au moins cent ou deux cents va-et-vient avant d'atteindre le plaisir. Il caressa ensuite la porte du yin de son épouse et lui dit :

— Quelle bonne petite vallée ! quelle pitié que de la laisser à un autre que moi !

La princesse eut soudain peur qu'il ne lui demandât de renoncer à aller chez Wuchen et déclara :

— Vous dites cela sans connaître la vallée de Yunxiang laquelle est bien plus agréable que la mienne. Savez-vous qu'à plus de cinquante ans, elle est pareille à une jeune fille ? Elle m'a dit avoir rencontré un immortel en rêve et avoir eu commerce avec lui. Il lui a enseigné « l'art de cueillir les fruits de la bataille » et elle sut dès lors prendre à la puissance virile pour fortifier sa féminité et faire des merveilles. Voilà pourquoi son visage est toujours lisse et que la fleur de son teint ne s'est pas flétrie.

Figurez-vous même que sa vallée devait recouvrer son état virginal trois jours seulement après la naissance de son enfant.

A l'entendre parler, Luan Shu était tellement égaré qu'on aurait pu le comparer à un cerf-volant dont on aurait coupé la corde. Il saisit la « poignée de son chasse-mouches » et pénétra sa femme, effectuant va-et-vient dans les extravagants bruits de l'amour et du lit qui bougeait. Bientôt endolori de la tête aux pieds, il ressentit des picotements dans tout le corps et émit sa chose blanche. Mais laissons-les là.

Lorsque Yunxiang et Fleur de Lotus rentrèrent chez elles, elles firent les louanges de la princesse à Wuchen :

— Eh bien ! dit-il, allez-vous m'en parler un peu plus précisément ?

— Je vais chanter, répondit Yunxiang, écoutez attentivement et vous connaîtrez ses talents !

La chanson disait :

Blanches ses mains blanches, ses sourcils arqués arqués, ses lèvres vermillon parfumées, cheveux d'un noir profond profond, petits pieds petits, tendue sa poitrine tendue, lisse lisse son ventre poli, et avec de plus resserrée, resserrée sa chose, vraiment vraiment agréable à prendre du plaisir, à prendre du plaisir.

— Et quelle est donc cette agréable chose ? demanda Wuchen.

— Inutile de vous dire, précisa Fleur de Lotus, qu'il s'agit là « du torrent encaissé entre les deux cimes » !

Wuchen partit d'un grand éclat de rire.

— Eh bien ! voilà une chose agréable et une bien belle personne !

Son épouse lui dit alors :

— Je peux la recevoir en amie et avec vous elle dormirait.

— Comment y consentirait-elle ? demanda-t-il.

— Je crois savoir qu'elle y songe depuis longtemps déjà.

— Eh bien, faites-la venir, ajouta-t-il.

— Comme vous êtes pressé, mon scélérat de mari. Attendez que les jasmins soient fleuris et je l'inviterai à passer quelques jours ici en notre compagnie pour les admirer. Vous pourrez alors « faire affaire ».

Wuchen inclina la tête en guise d'acquiescement et dit :

— Comme vos paroles sont justes et raisonnables, madame mon épouse.

Leur conversation terminée, les deux époux et Fleur de Lotus allèrent ensemble se reposer après avoir ôté leurs habits.

Et qu'ils furent dans la nuit profonde aussi heureux que des poissons dans l'onde, il n'est sans doute pas utile de vous le préciser !

Lumière et ombre passent comme la flèche, soleil et lune alternent comme la navette [1], et quelques jours plus tard, les jasmins étaient complètement épanouis. Leur parfum embaumait le jardin. Et comme chanta le poète :

Vagues claires des jasmins parfumés
Au maintien gracieux sous le vent léger

1. L'image de la navette, qui par son mouvement alternatif, évoque le temps qui passe est courante en Chine, l'univers étant comparé à un « grand métier à tisser » comme il ressort de l'ouvrage du grand maître taoïste, *Liezi,* ch. I.

Jades blancs d'immaculée beauté
Prêts à jouer les messagers.

Quand il vit les jasmins éclos, Wuchen pressa son épouse de recevoir la princesse. Yunxiang écrivit donc une carte qu'elle donna au garçon de bibliothèque. En toute hâte, celui-ci se rendit dans la résidence des Luan. Luan Shu était justement chez lui. Prenant la lettre des mains du garçon, il la lut avec son épouse. Celle-ci connaissait bien la raison qui avait incitée Yunxiang à l'inviter, aussi demanda-t-elle au garçon :

— Qui t'envoie donc ?

— Je viens sur l'ordre de ma maîtresse, elle vous invite, princesse, à demeurer auprès d'elle plusieurs jours pour jouir des fleurs de jasmin.

La princesse dit en riant à son époux :

— Me donnez-vous la permission d'accepter cette invitation ?

— Si vous partez, lui répondit-il, il vous faudra séduire une certaine personne et ne pas vous laisser séduire par une autre.

— Cela risque de ne pas être aussi aisé que vous le pensez !

Elle le laissa sur ces mots et prit place peu de temps après dans son palanquin. Elle arriva bientôt devant la résidence de Wuchen. Resté seul, son mari s'interrogea :

— Et si mon épouse ne réussissait pas auprès de Yunxiang ?

Il prit alors la décision d'inviter Wuchen et de clairement parler avec lui de la possibilité d'échanger leurs épouses pendant quelques jours. Il donna ordre à un serviteur d'aller inviter Wuchen. Celui-ci était précisément en train de guetter l'arrivée de la princesse. Quand Li le Bienheureux vint le prévenir de l'invitation de Luan Shu, il s'habilla et décida de s'y rendre sur-le-champ de peur de manquer son « affaire ». Le garçon de la bibliothèque prépara son cheval et il se rendit chez Luan Shu. Luan Shu vint l'accueillir et l'invita à prendre du thé dans ses appartements privés. Wuchen lui demanda alors :

— Je vous écoute, de quoi vouliez-vous me parler ?

— Oh ! de rien en particulier, répondit Luan Shu, je désirai simplement vous inviter, cher frère aîné, à boire un peu de vin.

Et il donna ordre qu'on les servît dans un pavillon retiré. Et en buvant, tout naturellement, les deux hommes en vinrent à parler de questions galantes. Luan Shu lui parla avec précaution de l'idée qui lui était venue d'échanger leurs épouses. Wuchen qui était un libertin par nature partit, à l'évocation de la chose, d'un grand éclat de rire :

— Cela ne manque pas d'intérêt effectivement. Dès que je serai rentré chez moi, je vous enverrai mon épouse. Et nous ferons en sorte d'user chacun de nos talents particuliers et de ne pas nous montrer trop timide.

— Votre petit frère n'est pas un timide, repartit Luan Shu, mais ne croyez-vous pas que votre âge avancé ne vous porte, vous, à une trop grande timidité ?

— Ne craignez rien, répondit Wuchen.

Les deux hommes burent encore copieusement pendant un moment avant de prendre congé l'un de l'autre. Wuchen rentra chez lui. Et si vous ne connaissez pas encore les modalités de cet échange, eh bien, prêtez l'oreille aux explications du chapitre qui vient.

CHAPITRE SEIZIÈME

Le roi de Jin déchaîne sa colère contre les débauchés
Et le prodigieux Libre Errance les trois belles va sauver.

De retour chez lui, Wuchen parla sans ambages à son épouse. Yunxiang ne voulut pas dans un premier temps se résigner à cet échange et, par feinte, attendit les injonctions de Fleur de Lotus pour se rendre. Elle appela aussitôt Li le Bienheureux pour qu'il l'emmène chez les Luan. Le garçon de la bibliothèque suivait le palanquin. Dès qu'elle fut arrivée devant la résidence, elle leur donna ordre de s'en retourner. Li le Bienheureux et le garçon trouvaient cette visite insolite :

— Mais, demanda Li, la femme de Luan Shu, la princesse, ne vient-elle pas d'arriver chez notre maître ?

— Oui, répondit le garçon, tu as raison.

— Mais alors, reprit Li, comment se fait-il que notre maîtresse vienne ici ?

— Ceci est vraiment étonnant, dit le garçon, nous allons rentrer et interroger ta femme, sans doute sait-elle quelque chose ?

— Elle doit certainement savoir quelque chose, mais je suis sûr qu'elle ne me dira rien.

La suspicion des deux serviteurs grandit encore. Il est vrai que quand Yunxiang entra dans la résidence des Luan, c'était déjà l'heure où l'on apporte les lampes. Le dignitaire Luan vint à sa rencontre et la conduisit dans le pavillon aux broderies. Il congédia très vite ses serviteurs. Puis, resté seul avec la dame, il lui offrit du vin. Ils burent jusqu'à l'ivresse. Le rose monta aux joues de Yunxiang qui lui parut encore plus belle. Il la prit dans ses bras et la baisa sur la bouche.

— Oh ! délicate petite sœur, je vous désire à en mourir !

— Depuis que nous nous sommes vus la première fois au pavillon aux fleurs, répondit-elle, un même désir m'a envahie. Mais qui donc a permis notre rencontre de ce soir ?

— C'est mon épouse qui m'a suggéré la première cette merveilleuse idée. Elle me dit un jour : "Si tu désires Yunxiang, eh bien, tu vas prétexter un voyage lointain mais demeurer en secret à la maison. J'inviterai Yunxiang me tenir compagnie et ainsi Wuchen n'aura pas de soupçon." Mais lorsqu'elle s'est rendue chez vous pour répondre à votre aimable invitation, j'ai songé qu'il valait mieux inviter votre mari et lui parler franchement. Et je dois dire que c'est sans difficulté aucune qu'il a consenti à cet échange. Ne vaut-il pas mieux parfois aller directement qu'user de détours ?

Un peu après, Yunxiang et Luan Shu devaient retirer leurs vêtements et monter sur le lit. Luan Shu savait qu'elle était experte en la matière. Se déterminant au combat, il déploya ses étendards et frappa du tambour, espérant bien lui infliger une défaite. Mais comment aurait-il pu même imaginer la puissance de cette grande générale ? Ils ne furent bientôt que deux sabres durs et brillants. Attaques et contre-attaques se succédaient. C'était une terrible bataille. Bientôt le général perdit du terrain. Sa taille faiblit, le contrôle lui échappa et il se dégagea, il avait émis sa semence. Yunxiang lui demanda alors :

— Comment est-il possible que vous n'ayez pu faire face plus longtemps ?

Hélas ! il n'y put rien. Il était vaincu [1]. Mais laissons ce champ de bataille pour en retrouver un autre. Ailleurs, en effet, un combat acharné opposait Wuchen à la princesse. Face à un général toujours vainqueur, comment celle-ci aurait-elle pu l'emporter ? Ils combattirent jusqu'à la deuxième veille de la nuit et elle sonna la retraite. Fleur de Lotus qui était là aussi se porta au-devant de Wuchen. Il n'eut même pas besoin de déployer le meilleur de ses forces pour la vaincre à son tour. La princesse derechef se précipita à l'assaut. Wuchen la vit blanche comme le jade et souple comme le fil de soie. Il aiguillonna à nouveau son cheval pour se presser contre elle, sa lance transperça « la chambre fleurie » sans coup férir. Et comme il lui demanda si elle avait trouvé le plaisir, elle répondit :

— Retirez-vous vite, cher frère aîné, ou je vais en mourir.

Mais Wuchen n'y consentit point et souleva sa lance d'or, sans arrêt, il lui envoya cent ou deux cents coups. La princesse faiblit, son visage couleur de poudre se contracta. La douleur lui commanda

1. Sur la présentation du commerce sexuel comme un combat, voir van Gulik *Vie sexuelle*, p. 346.

alors de prier Wuchen de se retirer. Il s'exécuta pour attaquer encore Fleur de Lotus.

On vit ainsi, au cours du mois qui suivit, les époux Luan subir défaites sur défaites tandis que Wuchen et Yunxiang criaient toujours victoire. Et finalement, les deux dames regagnèrent leur logis respectifs. Dans les deux résidences, on fut bientôt au courant de ces agissements. Un jour que Luan Shu se promenait dans le parc, il entendit un petit serviteur parler à mots couverts de leurs affaires avec une suivante. La colère l'emporta et il corrigea d'importance le valet. Celui-ci lui en tint rancune et il courut chez le dignitaire Zhao Meng pour lui rapporter le commerce illicite de sa maîtresse avec Wuchen. Zhao Meng entra dans une violente colère et écrivit sur-le-champ un rapport au roi. Quand le roi l'eut entre les mains, il frappa sur la table et s'écria :

— Les misérables, quelle attitude inqualifiable !

Il ordonna à Zhao Meng de mobiliser ses forces armées pour encercler la résidence privée de Wuchen. Il n'est peut-être pas nécessaire de préciser que le roi pensait également arrêter Luan Shu.

Cette nuit-là, Yunxiang fit un rêve étrange. Un démon au visage bleu-vert et aux cheveux rouges brandissait un grand couteau et l'injuriait :

— Toi, scélérate, ta soif de luxure n'a donc jamais connu de mesure ! A combien d'hommes de bien as-tu nui ?

Puis il leva son couteau pour la frapper. Soudain surgit un homme de grande taille ; elle sut immédiatement qu'il s'agissait de Libre Errance, l'immortel avec lequel elle avait connu l'amour autrefois. D'une main, celui-ci arrêta le démon et lui dit :

— Je sais qu'elle a commis bien des crimes ; mais j'ai eu des relations avec elle. A cause de cela et parce qu'aussi un jour prochain, je renouerai ce lien du passé, je souhaite qu'elle échappe à votre châtiment.

— Eh bien, répondit le démon, puisqu'il en est ainsi, je ne m'occuperai pas d'elle !

Libre Errance parla ensuite à Yunxiang :

— Un grand malheur va s'abattre sur toi demain à l'heure de midi. Quand le danger sera imminent, je viendrai te sauver. N'en dis rien à personne et demain matin, reçois la princesse chez toi. Dis également à Fleur de Lotus de ne pas s'éloigner, et à midi, je viendrai vous chercher toutes les trois.

Quand il eut terminé de parler, il la poussa. Yunxiang se réveilla brusquement en criant, le corps couvert de sueur. Comme elle refit le même rêve à trois reprises, elle se dit : « Eh bien, je préfère croire que tout cela se produira. Il ne faut surtout pas penser que rien n'arrivera. » Nous ne dirons même pas que le lendemain, elle reçut la princesse et qu'elles restèrent ensemble au même endroit en attendant midi.

Dans le même temps, le roi de Jin conduisait ses soldats en personne contre la maison de son royal beau-frère Luan Shu. Ce dernier fut capturé, et on chercha partout la princesse sans la trouver. Le roi demanda alors à Luan Shu où elle se trouvait.

— Elle est allée chez Wuchen, répondit-il.

Le roi conduisit ses soldats à la résidence de Wuchen. A mi-chemin, il rencontra les soldats de Zhao Meng. Ils réunirent leurs deux armées et arrivèrent peu de temps après devant la résidence. Le roi donna l'ordre de l'encercler. Les soldats s'exécutèrent, et la maison fut maintenue comme dans un étau de fer. Quand le roi demanda qui allait s'emparer de Wuchen, un officier sortit des rangs et s'inclina profondément devant lui et dit :

— Je le souhaite, majesté !

Le roi reconnut alors le fils de Xun Shou de l'armée du centre, le dénommé Xun Ying.

— Vous allez entrer dans la résidence et attraper tous ces bandits luxurieux sans en laisser échapper un seul ! lui ordonna le roi.

Xun Ying pénétra dans la maison. Wuchen se trouvait dans la salle principale, il dormait encore. Li le Bienheureux et le garçon de la bibliothèque étaient à ses côtés. Xun Ying ordonna aux soldats de s'emparer des trois hommes. Wuchen était au beau milieu d'un rêve. Il se réveilla et vit qu'il était couvert de liens des pieds à la tête. Il reconnut Xun Ying qui donnait l'ordre aux soldats de se saisir de ses biens.

— Que faites-vous là ? lui demanda-t-il avec précipitation.

— Tu as entretenu des relations coupables avec la princesse, et maintenant, le roi, son frère, est venu en personne te faire arrêter. Où sont les femmes ?

Rempli d'effroi, Wuchen baissa la tête et ne répondit rien. Or, le garçon de bibliothèque qui depuis toujours entretenait une haine secrète contre Fleur de Lotus parce qu'elle n'avait pas voulu de lui, désigna le parc du doigt et dit :

— Elles sont dans le pavillon aux pivoines.

Wuchen et ses serviteurs furent conduits devant le roi, tandis que Xun Ying se dirigea vers le parc. Soudain, un vent étrange souffla, une rafale venue du sud-est fit voler le sable et déplaça les pierres ;

d'épais nuages noirs se formèrent, et on ne put bientôt plus rien voir devant soi. Xun Ying resta où il était, les pieds cloués. Il entendit ensuite une voix qui riait dans l'éther :

— Tu ne les attrapera pas, Xun Ying. Les voilà sauves !

Xun Ying écarquilla les yeux et entraperçut dans le brouillard sombre un homme et trois femmes qui avançaient dans le nord-ouest. Ils ne laissèrent aucune trace [2].

Et moi, Xian Chuan, ai trouvé cette histoire étrange en feuilletant les chroniques et vous l'ai racontée pour que jamais elle ne se perde.

---

2. *Traces ou empreintes de pas, ji*, l'expression « ne laisser aucune trace », d'inspiration taoïste, signifie que les trois dames sont devenues des immortelles.

LISTE ALPHABÉTIQUE DES PRINCIPAUX PERSONNAGES

AMOUR FORTUIT ou Ai Ji, fils indigne de Luo Yan, mari de Fleur de Lotus, il sera tué par des brigands.

BELLE DE CANDEUR ou Su E, fille du duc Mu de Zheng et de la dame Zhang. Après son mariage avec Xia Yushu deviendra *dame Xia* et après son union avec Qu Wu, *Yunxiang*.

GONGZI CE, prince Ce au service du roi Zhuang de Chu.

CHENG GONG, duc Cheng, son nom personnel est Wu, il succède à son père le duc Ling sur le trône de Chen (598-568).

FLEUR DE CHRYSANTHÈME ou Juying, servante de Belle de Candeur, meurt prématurément.

FLEUR DE LOTUS ou Hehua, servante de Belle de Candeur ; après la prise de la maison Xia s'enfuit et épouse Amour Fortuit, elle retrouvera plus tard sa maîtresse dont elle partagera le destin.

FLEUR LUNE ou Hua Yue, nom de l'immortel qui initie en rêve Belle de Candeur à l'amour, se donne aussi les noms de Puhua Zhenren, Homme parfait des transformations universelles et de Langyou, *Libre Errance ;* il viendra sauver l'héroïne de la vengeance des hommes.

HEIDUI, fils du dignitaire Lianyin Xianglao du royaume de Chu, a des relations illicites avec sa belle-mère, dame Xia.

HUANG SHU, dignitaire de la principauté de Zheng.

JING GONG, duc Jing, roi de Jin (606-599), reçoit Qu Wu dans son royaume et lui confie une importante mission à Wu.

KONG NING, haut dignitaire de la principauté de Chen, au service du duc Ling qu'il entraînera avec son ami Yi Hangfu à Zhulin, résidence de dame Xia. Après la mort du duc Ling, s'enfuit à Chu avec Yi Hangfu et en revient peu de temps après pour mourir.

LI LE BIENHEUREUX ou Li Fu, gardien de porte chez Qu Wu, épousera une des servantes de Yunxiang.

LING GONQ, duc Ling, nom personnel Pingguo, règne sur la principauté de Chen (613-598), sera assassiné par le fils de dame Xia, Xia Zhengshu pour avoir eu des relations illicites avec sa mère.

LI LE DÉVOUÉ ou Li Zhong, serviteur du ministre intègre Xie Ye de la principauté de Chen.

LIANYIN XIANGBAO, dignitaire du royaume de Chu au service du roi Zhuang de Chu. Après la chute de la maison Xia, devient le deuxième mari de dame Xia. Meurt sur le champ de bataille dans une expédition menée contre Jin.

LIU LE TROISIÈME ou Liu San, serviteur de Kong Ning qu'il assiste dans sa mort violente.

LUAN SHU, époux de la dix-huitième princesse de Jin, sœur cadette du roi. Sera emprisonné pour avoir encouragé son épouse à avoir des relations illégitimes avec Qu Wu, il était lui-même l'amant de Yunxiang ou Belle de Candeur.

LUNE D'AUTOMNE ou Qiu Yue, servante et maîtresse de Heidui, beau-fils de dame Xia.

LUO L'ÉMINENT ou Luo Yan, père d'Ai Ji, époux de Fleur de Lotus, aussi appelé Luo Rutou, *Luo la Vieille Carne*.

MU GONG, duc Mu, règne sur la principauté de Zheng (627-605), père de Belle de Candeur qu'il donne en mariage à Xia Yushu de Chen.

QIAO RU, fils de Yuan Po, grand dignitaire de Chen. Envoyé par son père châtier la maison Xia.

QU WU, nom personnel du duc Shen, aussi appelé *Wuchen*. Tout d'abord au service des rois de Chu, il se réfugie à Jin après son mariage avec dame Xia. Le roman lui prête la maîtrise des techniques sexuelles, en particulier, « l'art de raffiner l'essence vitale ». Il sera emprisonné après le scandale provoqué par ses relations illicites avec l'épouse de Luan Shu, princesse de Jin.

SHEN SHUSHI, haut dignitaire du royaume de Chu, persuade son roi, le duc Zhuang, de redonner l'investiture à la principauté de Chen qu'il avait envahie après le scandale de la maison Xia et l'assassinat du duc Ling.

SU E, voir Belle de Candeur.

WUCHEN, voir Qu Wu.

WU JI, dame Wu, épouse de Yi Hangfu qu'elle quitte à cause de son aventure avec dame Xia. Se remarie et meurt dans les bras de son amant, Qie Bao, ou Rustaud le Préservé.

XIA JI, dame Xia, voir Belle de Candeur.

XIA YUSHU, haut dignitaire de la principauté de Chen, premier mari de Belle de Candeur, meurt prématurément d'épuisement sexuel.

XIA ZHENGSHU, fils de dame Xia et de Xia Yushu,

tuera son prince, le duc Ling pour avoir eu un commerce illégitime avec sa mère. Il sera écartelé sur ordre du roi Zhuang de Chu.

XIANG GONG, duc Xiang, succède au duc Mu sur le trône de Zheng (604-586).

XIE YE, ministre intègre de la principauté de Chen, sera assassiné par Zhang Nuit-noire sous l'instigation des dignitaires licencieux Kong Ning et Yi Hangfu pour avoir admonesté le duc Ling et avoir voulu l'empêcher d'aller à Zhulin. Deviendra aux enfers un dignitaire important et châtiera ses ennemis.

XUN SHOU, père de Xun Ying, commandant de l'armée du centre du royaume de Jin. Echangera la liberté de son fils contre le cadavre de Xianglao et le fils du roi de Chu.

XUN YING, fils de Xun Shou, demandera au roi de Jin l'autorisation de châtier Qu Wu, le licencieux.

YAMA, roi des Enfers.

YI HANGFU, haut dignitaire de la principauté de Chen et ami de Kong Ning, devient l'amant de la dame Xia et subira le même destin que Kong Ning.

YINGQI GONGZI, prince Yingqi du royaume de Chu, sera avec le prince Ce, un des principaux acteurs de la ruine du clan de Qu Wu après le départ de ce dernier pour le royaume de Jin.

YUAN PO, haut dignitaire de la principauté de Chen, participe aux événements qui ont suivi la prise et la restitution de son royaume par le roi Zhuang de Chu.

YUNXIANG, voir Belle de Candeur.

ZHANG NUIT-NOIRE ou Zhang Heiye, tueur à gages à la solde des deux ministres licencieux Kong Ning et Yi Hangfu, assassine Xie Ye.

ZHAO MENG, dignitaire du royaume de Jin, participe à la ruine de Qu Wu.

ZHUANG GONG, duc Zhuang, roi de Chu (613-590), envahit la principauté de Chen pour châtier le régicide Xia Zhengshu qu'il fait écarteler. Sur les conseils de Shen Shushi, redonne l'investiture à Chen.

ZI MAN, cousin de Belle de Candeur avec laquelle il a un commerce illégitime. Meurt d'épuisement sexuel.

TABLE DES MATIÈRES

Achevé d'imprimer
sur les presses

HORIZON
GROUPE

Parc d'activités de la Plaine de Jouques
200, avenue de Coulin
13420 Gémenos

pour le compte des
Editions Philippe Picquier
Mas de Vert
13200 Arles

Dépôt légal : juin 1994